初恋のつづき

初《はつ》恋《こい》のつづき

三《み》津《つ》留《る》ゆう

ILLUSTRATION：壱《いち》也《や》

初恋のつづき

LYNX ROMANCE

CONTENTS

初恋のつづき

I

「初恋？」

　磨《みが》いていたグラスから顔を上げ、市川響《いちかわひびき》は首をかしげた。

「それって、男が好きになったときってことですか？」

「そう。はじめて男が好きかもって思ったの、いつだった？」

　常連客の小野寺《おのでら》は、からかうように眼鏡《めがね》の奥の目を細めた。手にしたグラスのワインを舐《な》めて、カウンターテーブルに肘《ひじ》をつく。

「なんですか、いきなり」

　響はあいまいな笑みを浮かべて、向かい合う男の顔を見た。

「いや、響くん、ここで働きはじめて十年経つっていうからさ。自覚してなきゃ、わざわざこんなとこで働かないでしょ」

　小野寺につられて、響も店内に目をやった。

　カウンターが六席、テーブル席が四つの、こぢんまりとした店だ。看板も出さず、宣伝もしないわりには、ほどよく客が入っている。

響が立つカウンターの奥は厨房《ちゅうぼう》で、コックコートを着た真木《まき》が、皿に仕上げをするのが見えた。

店はビストロという体裁《ていさい》をとってはいるが、仕入れてきた食材次第で、イタリアンだろうが和食だろうが構わず出してしまう。真木のおおらかさが表れていると言えば聞こえはいいが、彼のもとで十年働く響に言わせれば、適当さがそのまま出てしまっているというほうが近い。

そうはいっても、シェフを務める真木の腕は確かで、店はよく繁盛《はんじょう》していた。

看板すら出さないそのわけは、客層を見ればおのずとわかる。

新宿二丁目《しんじゅく》の、外れのほうにある店だ。

訪れる客のほとんどはゲイカップルだった。

現に今、店にいるのも同性のカップルばかりだ。

若い男のふたり連れ、なにも知らない人から見れば、上司と部下のようなサラリーマン。四十半《なか》ばの男たちが親密に話しているかと思えば、奥のテーブルには女の子同士のカップルもいる。連れ合いがいないのは、カウンターに座る小野寺ひとりだけだった。

彼らにのびのびと食事を楽しんでほしい、そう考えるオーナーの配慮から、この店には看板がない。ここに辿り着けるのは、知人友人の紹介で訪れる、同じ性指向の者たちだけだ。

もちろん訪れる客たちは、オーナーシェフの真木も、ソムリエ兼ウエイターの響もマイノリティだと知っているからこそ、安心して恋人と食事ができる。

「初恋ねえ」

響はグラスを光に翳《かざ》した。透明なガラスには、自分の顔が映《うつ》っている。

この街に流れ着いたころのことを思いだす。

運よく真木に拾われたものの、ろくにできる仕事もなくて、グラスばかり磨いていた。記憶も気持ちもこんなふうに拭《ぬぐ》い取れたらと、何度思ったことだろう。

はじめての恋は、実らない。

有名すぎるジンクスは、ときに響を和《なご》ませた。初恋なんて誰でもそうだ、駄目になってしまうものなのだと、自分を励ますことができたからだ。

決して自分の初恋だけが、駄目になってしまったわけじゃない。だから自分も、いつだって次の恋ができるはず。

けれど、そう思えば思うほど、思い出は深く心に刺さり、気持ちは強く、濃くなった。

——いつか一緒に、
声が、鼓膜《こまく》に蘇《よみがえ》る。おだやかで、低い声だ。

——いつか一緒に、できるといいな。響と、俺の店。

記憶の声は、十年前のリフレインよりもずっと甘い。

響はまるで、懐《なつ》かしい食べ物を口に含んだような気分になった。グラスがきちんと磨けたことを確かめて、頭上のグラスハンガーに吊り下げる。

「……十八のときです」

生まれた街を出て以来、自分のことを話さなくなった。とくに初恋の思い出なんて、誰にも喋《しゃべ》ったことはない。

それを知っている小野寺が、意外そうに目をまたたく。

「へえ、どんな男？」

「うーん、そうですね……」

思いだすのは、なぜか日なたのにおいのする、やわらかな茶色い髪だ。見上げる背中、呼べば振り返るやさしい瞳は、いつでも自分のものだった。

「いいやつでしたよ。図体《ずうたい》はでかいくせに気は小さくて、要領悪くて、どんくさくて——馬鹿がつくほど正直で、誰にでもやさしくて」

それなりに覚悟して口にしたのに、思ったほどダメージを受けていない自分に驚いた。十年前、忘れようと必死だったことが嘘《うそ》のようだ。思い出にするには、十分な時間が経った。

「十八っていったら、高校生のときだよね。同級生？」

探りを入れる小野寺に向かって、響は口角《こうかく》を上げてみせる。

「当たり。同級生」

「同じクラスとか」

「外れ。高校では、同じクラスになったことないです」

「じゃ、それまでに同じ学校になったことがあるんだ。中学校も一緒だった？」

まるで推理ゲームのようだ。

あいつとも、こんなやりとりをしたことがあった。はじめて、好きな子がいると聞かされた日のことだ。

響は笑って、小野寺のグラスにワインを足した。

「中学どころじゃないですよ。生まれる前から、隣に住んでましたから」

そう——自分と室井直純《むろいなおずみ》は、幼馴染《おさななじ》みだ。

響と直純が育ったのは、古く寂《さび》れた、狭い街だった。

駅前のロータリー、学校からつづく並木道、高台に建つ学校、そこから遠く見下ろす、曇天《どんてん》の街——どの場所の記憶にも、直純の影がある。

響がいるところにはいつも直純がいて、直純のいるところには響がいた。直純は、いちばん近くて、いちばん親しく、いちばん好きな、友達だった。

もう、十年も前の話だ。

自分に言い聞かせるように、響は心のなかで唱《とな》えた。

十年もの時間が過ぎた。だから大丈夫、もう泣いたりしない。あの気持ちは、ふたりで過ごした思い出と一緒に、あの街へ捨ててきた。

響の思考を断つように、からん、と軽い音でドアベルが鳴る。

我に返って、開いたドアのほうへと目をやった。

アルコールにぬるんだ店内に、戸外の夜気《やき》が忍びこむ。胸の内がひやりとした。うつむきがちに入ってきた客が、似ている気がしたからだ。

——響。

呼ぶ声が聞こえるようで、知らず、ごくりと喉《のど》が鳴る。大柄《おおがら》な男を見ると、いつもこうなる。そんなはずはないとわかっているのに。あいつがここに、いるはずがないのに。

「——いらっしゃい」

無理やりに笑顔をつくって、客のほうへ向こうとする。

「……響？」

思い出と重なる声が、響を呼んだ。

立っていたのは、ここにいるはずのない人物だ。

店内に入ってきた男は、相変わらずふわふわと茶色い髪に、名残《なごり》の雪をくっつけていた。

「——おまえ」

響は唐突《とうとつ》に理解した。

なぜ今日に限って、初恋の思い出を話す気になどなったのか。

今夜の寒さは、あの日の寒さにひどく似ている。ここよりも少しだけ北にある、坂道と踏切の多い街——響と彼が生まれ育った、あの街を出た夜の寒さに。

あの日も確か、昼間からずっと、鈍色《にびいろ》の雲が太陽を覆っていた。深夜から雪の予報のとおり、空気はつめたい水のにおいで、夜行のバスが走るだろうかと、妙に冷静に考えたことを覚えている。

三月にしては、ずいぶん寒い夜だった。

けれど大気は今日と同じに、かすかに土の香りを含んでいて――ああ、それでも春は来るんだと、あのときも響は思ったのだ。

＊＊＊

白い花びらが舞っていた。

学校沿いの桜並木から散ったのだろう。まるで群れからはぐれたように、頼りなく宙を漂っている。ひらひらと踊る花びらは、これもまた頼りなくうなだれた、陽《ひ》に透ける茶色の髪に着地した。

「で？　押しつけられた掃除当番やってたのが、俺を待たせた理由？」

隣で自転車を押す直純に、響は言った。

放課後の校舎からは、管楽器《かんがっき》の音が細く聞こえている。吹奏楽部《すいそうがくぶ》の練習だろう。自転車置場から見えるテニスコートでも、すでにラリーが始まっていた。

「うん……」

髪に花びらをくっつけたまま、直純はすまなそうにうなずいた。

「待たせて、ごめん」

「そーゆうことを怒ってるんじゃねえよ」

響は呆《あき》れて、直純に向き直った。直純も足を止める。

「ついでに言うと、おまえに怒ってるわけでもねえの。掃除とか押しつけるほうがどうなんだって言ってんだよ」

「違うよ。押しつけられたわけじゃないって、かわってあげただけ」

直純はあわてて、言い訳めいたことを口にした。

「ほら、津田《つだ》、新しい彼女できたから……ちょっとでも早く、会いに行きたかったんだよ」

中学生のときからふたりと仲のいい津田は、先月彼女と別れたばかりで、ここのところ目に見えてしょげていた。お調子者の津田にはいい薬だと思ったのだが、直純はひどく心配していたようだ。

津田が「新しい彼女ができた」と報告しに来たのは、今日の昼休みのことだった。

新しい彼女は、近隣にある百合ヶ丘《ゆりがおか》女子の生徒らしい。

津田はだらしなく鼻の下を伸ばして、彼女がどれだけ可愛いかをまくし立てた。昼寝の時間を邪魔されて、響はただただ面倒だったが、直純は津田の報告を、「よかったね」と聞いていた。

「だからって、掃除サボっていい理由にはなんねえだろ」

あいつ、明日会ったら覚えてろよと息巻く響を、直純はおろおろと見下ろす。

「暴力はだめだよ」

「じゃあどうしろって言うんだよ」

「どうもしなくて大丈夫だって。また俺が用事あるとき、当番かわってもらうから」

すっかり気を削《そ》がれてしまって、響はあっとため息をついた。

こいつはどうして、いつもいつもこうなのだろう。

直純とは、生まれる前からのつき合いだ。

響の両親がこの街に移り住んだのは、結婚するときのことだったという。彼らが越した一軒家、その隣に住んでいたのが、直純の両親だった。

直純の両親は、自宅近くの商店街で洋食屋を営《いとな》んでいる。祖父母の代からつづく店だ。響の両親は共働きで、響は幼いころからよく直純の両親に預けられ、一緒に賄《まかな》い飯を食べていた。

子どもたちはおたがいひとりっ子だったせいもあり、兄弟同然に育ってきた。

まだほんの幼いころは、響のほうが体も大きく、人一倍気も強かった。一方の直純は、ふわふわと色素が薄く、おだやかで、つつかれるとすぐに泣く。

そんな直純をいじめる輩《やから》を、追い立てつづけて十八年。中学のときに体格が逆転してしまってからも、その役割は変わらなかった。

響は半眼《はんがん》で、叱られた犬のようにしゅんとした直純を見る。

性格の違いは仕方がないとして、同じ釜《かま》の飯を食べながら、どうしたらこんなに体格が違ってしまうのだろう。

響は自分の母親に似たのか小柄《こがら》だし、大食らいのくせに細っこい。大きな瞳やぴょんぴょん跳ねる黒髪も、響を子どもっぽく見せる要因だ。

それに対して直純は、中学校に入ったころから急に背が伸びはじめた。高三の今となっては、学年でも大きいほうだ。家業を手伝い、重い鍋《なべ》や粉《こな》の袋を運ぶから、腕や背中の筋肉も発達している。

端整《たんせい》な顔のつくりをしているし、自分と違って、せっかく男らしい体つきなのだ。堂々としていれば、それなりに格好もつくだろう。

なのに、この幼馴染みはいつも、人がよすぎて損をしている。自分の利益を優先するには、直純はやさしすぎるのだ。

「……だから、おまえを怒ってるわけじゃねえんだって。しゃんとしろよ、しゃんと」

丸まった背中を平手で叩くと、直純は「痛いよ」と顔をしかめた。

「いいから、とっとと帰ろうぜ。おまえから飯食いに来いって言ったんだろ」

響が怒っているうちに、いつのまにかふたりは校門を出ていた。

直純が自転車のサドルにまたがり、響がその荷台に座る。直純がペダルを踏みこむと、ゆっくりと景色が走り出した。

響たちが通う高校は、街の中心に位置する高台にある。

　校門からゆるく長くつづく坂道は、その傾斜がほぼ終わるまで、両脇に桜が植えられていた。新入生を迎えるこの時期、桜は毎年見事に咲いて、真新しい制服の緊張を和《やわ》らげる。

　花のころは、自転車で坂を下るとまだ寒い。

　響は強い風に身をすくめ、目の前の背中にしがみついた。

　制服越しの体温の、慣れたにおいにほっとする。直純の腰に腕を回して頭上を仰《あお》ぐと、薄水《うすみず》の空に舞う花びらは、名残の雪のようにも見えた。

「そういえばさ」

　風に負けないようにするためか、直純がいくぶん声を張った。

「響のクラス、進路希望調査の紙もらった？」

「あー……」

　嫌なことを思いだし、響は思いきり眉根《まゆね》を寄せる。

　鞄のなかには、直純の言う進路希望調査票が入っていた。おととい配られたものだったが、響のそれは白紙のままだ。

「響は進路、どうするの」

　前を向いたままで、直純が問う。

「うーん、どうすっかなぁ」

　答えに困って、響は直純の背に額《ひたい》をぎゅうっと押しつけた。

いくら進学校でないとはいえ、高三の今になっても進路が決まっていないのは、さすがにまずいと思っている。担任からも、さっさと決めろと口うるさく言われたばかりだ。

けれどいくら考えても、この先どうしたいのか、思いつかないのだからしょうがない。

響には、これといった特技もなければ趣味もなかった。

どうせ賢いほうではないし、大学に行くつもりもない。だったら専門学校にでも行くべきだろうか、それとも学びたいことがないのなら、どこかに就職するべきか。

「親もなんだか、真面目《まじめ》に取り合ってくんないしなあ」

嘆息《たんそく》すると、額をつけた直純の背が揺れた。笑われている。

「おじさんもおばさんも、響のことが可愛いんだよ。あんまり早く、ひとり立ちしてほしくないんじゃない？」

「そういうもんかな」

「絶対そうだよ」

直純はこくりとうなずいて、まっすぐに前を見ながらペダルを漕《こ》いだ。陽を受けた横顔がまぶしく見えて、響は思わず目を眇《すが》める。

その点、直純はすごいと思う。

洋食屋のひとり息子である直純は、家業を継ぐと心に決めているらしかった。高校に上がるころから、今日のように店の定休日は厨房を借り、少しずつ料理を練習している。

練習には、いつも響もつき合った。

なんのことはない、毎日直純の自転車に乗って帰るので、自然とそうなる。

それに放課後は、いつも自分が直純の部屋に行くか、直純が自分の部屋にくるかのどちらかなのだ。

ひとりではやることもない。それなら、直純の大きな手が芋《いも》の皮をくるくる剝いたり、丸いオムレツをつくるのを眺《なが》めているほうがずっとよかった。

「いいよなあ、おまえは」

素直な言葉が、口からこぼれた。

「なにが？」

「進路。決まってるじゃん」

「決まってたからって、うまくいくわけじゃないよ。なかなか親父《おやじ》みたいにはできないし」

直純は昔から、動きは鈍いが手先は器用だ。

繊細《せんさい》だし、真面目だし、料理に向いていると思う。

けれど、いくら向いていたとしても、一年や二年でどうにかなるものでもないのだろう。

味見させろと響がいくらねだっても、父親に合格点をもらえないうちはと、頑《がん》として首を縦には振らなかった。

だから今日は、驚いたのだ。

直純のほうから食べに来いと言うくらいだから、及第点《きゅうだいてん》をもらえたのだろうか。

そう訊《き》くと、直純はわずかに首を傾けてはにかんだ。

「うん。ビーフシチュー、合格だって」

まだまだだけどね、と言いながらも、その声は誇らしげだ。

直純のこんな声はめったに聞かない。響までうれしくなって、「やったじゃん」と目の前にある背中を小突《こづ》いた。

「だから、痛いってば」

直純もまんざらではなさそうで、商店街の外れにある店の前で自転車を止めた。夕飯の買い物客でにぎわう商店街から、音楽と喧騒《けんそう》が小さく聞こえる。

店先に置かれたプランターには、直純の母親が植えた三色すみれが揺れていた。

煉瓦《れんが》造りふうの二階建ては、一階を店舗《てんぽ》、二階を倉庫として使っている。古い商店街のなかにはあるが、店舗自体は、とりたてて古びた感じもしなかった。二代目である直純の父が引き継ぐときに、全体を改装したのだ。

響は自転車から飛び降り、隣のビルとのあいだにある細い路地へと入って行った。勝手口の前まで来ると、直純が追いつく。

鍵を開けた直純に続いて、厨房に入った。

傾きかけた春の陽に、屋内は薄暗い。

直純が壁際を探ると、ぱっと店内にあかりが灯《とも》る。直純は「待ってて」と言い置いて、店の二階に上がって行った。着替えをしてくるのだろう。直純がいつも使うデニムのエプロンは、二階の倉庫に置いてあった。

壁掛けの時計は、午後四時を指していた。

夕飯前の腹ごしらえには、ちょうどいい時間だ。

響は調理器具が置かれた厨房を抜け、テーブルが並ぶ店内へと進んだ。幼いころから通っているので、響にとっても、この店は庭のようなものだった。

直純の両親だけで切り盛りしているので、さほど大きい店ではない。

四人掛けのテーブルは、十卓そっくり祖父母の代から受け継いだものだと聞いている。木製の椅子《いす》の背は飴色《あめいろ》の光沢を持ち、この店が愛されてきたことを教えてくれた。

響は椅子をひとつ引くと、その上に鞄を放って、隣の椅子に腰を下ろした。

店内は、人の気配のないひんやりとした空気に満ちていた。

すとんと肩の力が抜ける。学年が上がり、クラス替えがあったばかりだ。いくら繊細とはいえない響といえど、多少緊張していたらしい。

階段からとんとんと足音がして、直純が降りてくる。

「あれ？」

響は、ぺったりと伏せていたテーブルから顔を上げた。

「おまえ、それ、どうしたの」

直純は、いつものエプロン姿ではなく、純白のコックコートを着ている。

「合格点もらえたから。親父が着てていいって」

直純は、軽く手を広げてみせた。

真新しいコックコートは、彼の両親が誂《あつら》えてくれたのだろう、直純の体にぴったりと合っている。学校の制服に身を包んでいるときよりも、直純はずっと凜々《りり》しく、格好よかった。ダブルの仕立ての胸もとが、より広く、しっかりとして見える。

「へー、案外似合うな。プロみてえ」

「ありがと」

直純の顔が、ふわりとほころんだ。せっかく大人っぽい顔つきをしていたのに、笑ってしまうと台なしだ。ふだんどおりの、おだやかな直純が顔を出す。

コックコートを着て厨房に立つと、直純は本物の料理人のようだった。

大きな冷蔵庫から鍋を出してきて、ガスコンロの火にかける。真剣な表情で火加減を調節すると、響に向かって「座ってて」と言った。

店内に、あたたかな料理のにおいが漂いはじめる。

直純はよほどうれしいのだろう、響を座らせたテーブルに真っ白なクロスをかけ、ワイングラスにぶどうのジュースをなみなみ注いだ。

賄いを食べるときのように、剝き出しのテーブルにセルフサービスというわけではない。きちんと磨いたカトラリーも、客を迎えるのと同じに整えてくれる。

「どうしたんだよ、今日は」

甲斐甲斐しく自分のまわりを動く直純に、なんだかこそばゆい気分になった。

「響は俺の、はじめてのお客さんだから」

直純は一度厨房に引っこむと、ほこほこと湯気の立つ皿を持ってくる。

「お待たせ」

「おー……」

響は目の前に置かれた皿を覗《のぞ》きこんだ。

たっぷりと盛られたビーフシチューは、この店の看板商品だ。

ごろんと大きめに切られた牛肉は、濃厚なルーにつやつやと光っている。

添えられているのは、人参《にんじん》のグラッセ、ブロッコリー、響の大好きな皮つきのフライドポテト。とろりとかけられた生クリームも、直純の父がつくるビーフシチューにそっくりだった。

驚いて、響は直純の顔を見る。

「おまえ、いつのまにこんなのつくれるようになったの?」

直純は、正面の椅子を引きながら答えた。

「つけ合わせは、少し前に合格点もらったんだけどね。やっぱりシチューは、一筋縄《ひとすじなわ》じゃいかなくて」

「そりゃそうだよな」

スプーンを握ると、向かいに座った直純が、「どうぞ」と手のひらを上に向ける。

「いただきます」

手を合わせると、響は皿にそっとスプーンを入れた。まるで神聖な儀式みたいだ。

スプーンが触れた牛肉のかたまりは、圧をかけなくてもほろりと崩れる。こっくりした色のルーを絡《から》めて口に入れると、深みのある味わいが、舌にとろけて広がった。

「……うまい」

考えるよりも先に、口が動いた。

「ほんと？」

不安そうに響を見守っていた直純が、ぱっと顔を輝かせる。

「嘘ついてどうすんだよ、うまいよ！」

語彙《ごい》力のなさがもどかしい。響は感心してしまい、夢中でシチューを口に運んだ。

商店街にはほかにも、食事ができる店がいくつかあった。けれどこの店には、「ここでなければ」という常連客がたくさんいる。もちろん響の両親も、この店の熱心なファンだ。

直純のシチューは、この店の味が、ちゃんとする。秘伝の味というやつだろうか。

「すげえな、おじちゃんの味そのままじゃん」

「よかった。昔から食べてくれてる響にも合格点もらえたら、ちょっと安心できるよ」

直純はテーブルの上に肘をつき、にこにこと笑っている。コックコートを着た彼はもう、立派にこの店の三代目の顔をしていた。

それに比べて、と響は思う。

スプーンを咥えて、あらかた平らげてしまった皿に目を落とした。

「響？」

気がつくと、目の前に座った直純が不安げにこちらを見ている。

「どうしたの？」

「あ、いや……なんていうか」

ごまかすように、響はスプーンを握った右手を止めた。

「おまえに、置いていかれそうな気がしてさ」

響は、校門からつづく並木道、満開の桜を思いだしていた。

あの桜を見るのは、今年が最後だ。来年の桜が咲く前に、自分たちは高校を卒業してしまう。

次の春、あの花が咲くころ、自分はどうしているのだろう。たった一年先のことが、響には想像できない。

「ふうん……響、そんなこと思ってたんだ」

直純は、意外そうに目をまたたいた。

「あのさ、響、覚えてない？」

「なにを？」

「小学生のとき、うちでビーフシチューつくったでしょ」

言われてみれば、そんなことがあったような気がしなくもない。

響と直純が、小学校に上がったばかりのことだ。

たしか、母の日だったと思う。スーパーで市販のルーを買い、いつも自分たちが食べているビーフシチューに似せようと奮闘した。

料理をつくったのは、実際のところほとんど直純だった。

響が手伝ったことと言えば、スーパーで買い物カゴを持ったことと、鍋をかき回したことくらいだ。けれど、味見にはしっかり参加したし、自分たちとしては、なかなかいい出来だと思った。

そこで両家の親を招待したことが、予想外に直純の父の怒りを買った。職人気質の直純の父が、「料理屋の息子が、他人様《ひと》に適当な料理を出すな」と、直純の頭にげんこつを落としたのだ。

「今考えても、ちょっと言いすぎだよね。子どものやることなのに」

直純は、記憶を辿るやさしい目つきで脚《あし》を組む。その仕草が妙に大人らしく思えて、響は心臓をきゅっとつかまれたような心地がした。

見慣れない格好をしているせいだろうか。今日の直純は、ぐっと男らしく見える。いつのまに直純は、脚を組むようになどなったのだろう。

「でも、俺が料理人になろうって決めたのは、あの日の響のおかげなんだ」

「俺の？」

「そう。俺が親父に殴られて泣いてたとき、かばってくれたの覚えてる？」

「あー、あれは――」

直純の父が、ひと口もシチューを食べずに怒るので、響はやたら腹が立ったのだった。

『ちゃんと食ってから文句言えよ、おいしいから！　直純、料理の才能あるよ！』

そんな啖呵《たんか》を切った気がする。

今になって思い返すと、顔から火を噴《ふ》きそうだ。響がひとり赤面していると、直純は、しみじみとした口調でつぶやいた。

「あれ、うれしかったな」

「なにがだよ」

「響が、『才能あるよ』って言ってくれたの」

直純は響のほうへ向き直り、照れたように鼻を掻いた。

「俺にも、できることがあるんだって思えたんだ。響が言ってくれたことに、応《こた》えなきゃって。置いていかれないようにがんばってるの、俺のほうだよ」

響の進言どおり味見をした直純の父は、考えをあらためたようだった。鍋を覗きこんで、直純と二《ふた》言三言《ことみこと》交わしたかと思うと、みんなに料理を振る舞うことを許した。

それどころではない、直純の父は、なぜかとっておきのワインまで出してきた。直純と響は顔を見合わせて、どうしたことかと思ったものだ。

もちろんシチューはおいしかったし、いつもは一緒に食卓を囲めない、響の両親も揃っていた。

響の母も、「直ちゃんはいいシェフになるね」と、ほろ酔いに頬を染めて笑っていた。

母は、直純の両親がつくる料理でワインを飲むと、機嫌をよくして、可愛い顔で笑ってくれる。仕事に疲れた顔をしていることのほうが多いから、響は母が、そうして笑うのを見るのが好きだった。

やっぱり直純は才能がある、と響は思った。

料理はすごくおいしくて、母をこうして笑わせてくれる。こんなことができるやつは、直純のほかにはいない。

「……思いだした」

記憶の回路が、ようやくすべてつながった。

「あれがきっかけだったんだ」

「うん。親父もね、俺がほんとに店を継ぎたがってるんだってわかって、うれしかったみたい。それに――」

直純は、言葉を切ってこちらを見る。

「響がおいしいって言ってくれたから」

「え？」

「響がおいしいって言ってくれたのも、俺、すごくうれしかった。今、俺が料理人目指そうって思えるのは、響のおかげ」

熱っぽい目を向けられて、心臓がとくんと跳ねた。

「……なんだよ、あらたまって」

直純の顔をまともに見られなくなって、響はグラスを手に取った。急に喉が渇いた気がして、ぶどうジュースを一気に飲み干す。

直純が、自分の言葉をきっかけに、料理の道へ進もうと思ったなんてはじめて知った。

自分にも、他人のために——直純のために、なにかしてやれることがあったのだ。そう思うと、じわりとあたたかい気持ちが湧いた。

「おかわり、あるよ。食べる？」

おう、と皿を押しやると、直純はそれを手にして席を立つ。

直純は、厨房でシチューをよそいながら言った。

「やっぱり、人に食べてもらえるとうれしいね。親父が、合格するまで人に食べてもらうの禁止って言った理由、わかる気がする」

「なんで？」

勝手知ったる厨房だ。響は冷蔵庫を開け、ぶどうジュースのパックを取り出す。

「やっぱり料理人にとって、食べてくれる人の笑顔って特別なんだよ。俺、さっきシチュー食べてくれたときの響の顔、たぶん一生忘れない」

直純の言葉を聞いて、響の中で、鍵のようなものがかちりとはまった。

一生——と直純は言った。

その言葉は、響の胸に光を与えるには十分だった。

響は、散る桜のことを考える。

来年の春、自分が立っている場所がわからないという以上に、不安なことに響は気づいてしまったのだ。

いつでも隣にいた直純が、自分の隣にいなくなるかもしれない。

そう思ったのははじめてだ。

次の桜が咲く季節、自分たちはどうなっているのだろう。高校を卒業すれば、道は別れているのだろうか。直純は、響の隣にはもう、いないのだろうか。

そんなことを考えながらグラスにジュースを注いでいると、天からの啓示のようにひらめいた。

響自身も、直純と一緒にこの店で育ったから、誰かがおいしい料理を食べて、幸せそうな顔をしているとうれしい。そういう場所に、自分がいられることを誇らしいと思う。

直純が料理なら、自分はワインの知識を身につけるのはどうだろう。そうすれば、直純は料理、自分は酒で、食卓を真ん中にして繋がっていることができる。

「おい、直純！」

突然上げた大声に、ちょうど厨房から出てきた直純は驚いたようだった。響のおかわりと自分のぶん、ふた皿のシチューを持ったまま目を見開いている。

「どうしたの」

「俺、いいこと思いついた！」

なにがなんだか、という様子の直純を、テーブルの前の椅子に座らせた。入れ替わりに厨房に引っこみ、ワイングラスを持ってくる。

まだワインなんて飲めない歳だ。ソムリエにワインをサーブしてもらったことなんてない。テレビドラマの見よう見真似《まね》で、引っつかんできた布巾《ふきん》を腕にかけ、ワイングラスにジュースを注いだ。

「俺、進路決めた」

「え？」

「おまえが料理人になるなら、俺、ソムリエになる」

直純は、目を丸くして響を見た。

「ほんとに？」

「ほんと。直純んちのおじちゃん、まだまだ現役だろ？　いつか、俺とおまえの店、出そう」

「そっか……そういうのもいいかも。俺の料理と――」

直純は感慨《かんがい》深げに言うと、目の前にあるグラスの足を軽く揺すった。

「これが、響の注いだワインになるんだ」

たぷんと揺れるぶどうジュースに、目を輝かせた自分が映る。

どうしてこんな簡単なことを、今まで思いつかなかったんだろう。直純のつくった料理に、自分が選んで注いだワイン。幸せな食卓。響にとって、それ以上の選択があるはずがない。

そうなったら、きっと楽しい。そうしよう、と、響の胸は明るく晴れた。行き止まりだった道の先が、自分にも見える気がする。

響がグラスを掲げてみせると、直純も応えてグラスを持った。

「――いつか一緒に、できるといいな。響と、俺の店」

そう言って、直純は笑った。

「おう、約束」

響も笑って、グラスを掲げる。

触れ合うグラスが、澄んだ音をひびかせた。

季節は夏に続いている、十七歳の春だった。

＊＊＊

あの春からもう、十年が経つ。

あの街に咲く満開の桜を響が見たのは、結局その年が最後になった。

響はその後、地元の調理師専門学校に合格した。

けれどその冬、自分で入学辞退の届けを出した。

もうこの街に——直純のそばにはいられないと思ったからだ。

両親には、街を出ることを話さなかった。悪いとは思ったが、学費は耳を揃えてダイニングのテーブルに置いてきた。自分はもう、この街には帰らないと思うという書き置きを添えて。

直純のまわりには、自分の痕跡《こんせき》を残したくなかった。

ヒントを残してしまったが最後、やさしいあいつのことだから、連絡をくれるのではないか、捜しに来てくれはしまいかと、どうしても期待してしまう。

儚《はかな》い希望は、絶望よりもはるかに重い。

自分勝手だという自覚はあったが、幼い自分に、選択肢《せんたくし》はそれしかなかった。

高校を卒業した翌日は、朝から厚い雲が垂《た》れこめた、花冷えの一日だった。

その日を逃せば、決心が鈍る気がした。響は夜行のバスが欠便にならないようにと、朝からそれだけを祈って過ごした。

ゲイタウンとして有名なこの街についての、なんとなくの知識くらいはさすがにあった。

携帯は、駅前のゴミ箱に捨てた。

電話をかける友人との関係にも、家族で撮った写真にも、響が生きてきたどの瞬間にも直純がいた。直純との関係を断つということは、これまでの自分を捨てるということだった。

深夜発のバスを待つあいだ、駅前のネットカフェで印刷した新宿二丁目の地図だけが、街を出る響の荷物だった。

夜通し走るバスに乗り、新宿西口のターミナルに降り立ったのは、翌日の午前四時半のことだ。

三月の午前四時は、まだ夜のなかに沈んでいた。

今ならわかるが、歓楽街ももう、営業を終えている時間だ。新宿西口から地図を握りしめて歩きながら、響は暗い街に落胆した。

不夜城、と聞いていた新宿だった。眠りに就いた歓楽街に、この街でもまた響だけが、間違って生きているのだという気になった。

真木と出会ったのは、まったくの偶然だった。

明け方の歓楽街、わかりやすく地図を握りしめて歩く響に、「どうしたの、ひとり？」と声をかけてきたのが真木だった。

どうも真木は、ナンパのつもりだったらしい。ところが、あまりにも響が心身ともにぼろぼろで、手を出すわけにもいかなかったのだとあとから聞いた。

真木はひとまず、響を自分のマンションに連れ帰った。食事をさせ、あたたかいベッドで眠らせた。

今思えば、犬猫を拾うようなものだったのかもしれない。響から、故郷を出てきたこと、訪ねるあてがないことだけを聞き出すと、それ以上の事情は訊かず、しばらく家に置いてくれた。

真木はちょうど、自分の店を開く準備をしていた。響はそのまま真木に雇《やと》われて、ここ新宿二丁目の住人になった。

両親には、「元気にしているから心配するな」と電話をした。

その後も、何か月かに一度は、居場所を明かさずに連絡を入れている。

帰省は一度もしていない。直純と鉢《はち》合わせてしまわないとも限らないし、誰かが気をきかせたつもりで、引き合わせてくれないとも限らないからだ。

失くした人や風景のかわりに、響はこの街に育てられて大人になった。

七歳年上の真木は、響のよき兄でいてくれた。

気のいい同業者の友達も、よくしてくれる常連連中にも恵まれた。

ゆりかごのような場所だった。夜のネオンに照らされて、彼らとじゃれ合い、ときには軽く傷つきながら、響は自分の性指向を受け入れた。

言い寄られ、受けるのも躱《かわ》すのもうまくなった。真っ当とは言いがたくても、響はこの街のおかげで、きちんと大人になれた気がしていた。

はじめから男が好きだったかと言われれば、正直よくわからない。

響は直純を好きになるまで、誰かを恋愛の意味で好きになったことはない。物心ついてから女の子を好きになったこともないが、男を好きになったこともなかった。

とはいえ、幼馴染みの同性への恋心は、叶うはずなんてないもので、はじめて受けた恋の傷は、思ったよりも深かった。

直純を忘れようと、ほかの男とつき合ってみたこともある。

けれど初恋の思い出は、亡霊のように響の前に、その姿をあらわした。

誰といても、直純の面影がちらつく。結果、誰とも長つづきせず、最近は恋をすること自体から遠ざかってしまっている。

大人になれば、いつまでも破れた恋に構ってはいられないという現実も、響にとっては都合がよかった。

真木の店はそれなりに繁盛した。

響は地道にこつこつ金を貯め、オーナーの真木の協力も得て、高校を卒業したら地元で通うはずだった調理師の学校を出た。ソムリエの資格も取得した。今は仕事も充実している。

——いつか一緒に、できるといいな。響と、俺の店。

開店前の仕込みの時間、響はふと、直純を思いだすことがある。

あたたかな料理のにおいに満ちた店内で、ことことと調理器具が立てる小さな音を聞いていると、響はまるで、胎内《たいない》で、母親の心音を聞いているような気分になった。

思い出は、拭い去ったり忘れたりできるようなものではなかった。日常的に食べるものが細胞をつくり、その細胞が体をつくっているように、記憶は響に染みこんでいる。

そう思えるようになるまで、十年の月日が必要だった。

直純のことを、こんなふうにおだやかに思いだせるなんて、この街に着いたころは想像もできなかった。この痛みは、ずっと一生、体の内に抱えたままで、生きていくのだと思っていた。

ところが――神様というやつは、ずいぶん趣味が悪いらしい。

だからこうして、何度も響を嘲笑《あざわら》うような真似をする。


すでに深夜の時間帯だ。

ラストオーダーの料理も出し終え、もう店内に客はまばらにしかいなかった。

小野寺は、直純があらわれたとき、うっすら事情を察したらしい。「また今度」と意味ありげに言い残し、早々に店を辞した。

ちょうど小野寺を見送りに真木も厨房から出てきたので、今来たばかりの客を、「知り合いだ」と紹介した。「なにか食ってってってください」というオーナーの言葉に従って、直純はカウンターに腰を下ろした。

「――ひさしぶり」

「……うん」

十年ぶりの幼馴染みと最初に交わしたのは、そんなどうでもいい言葉だった。カウンターを挟《はさ》んで直純と向き合い、昔はあまり正面切って話したことなんてなかったかもしれないな、と見当違いなことを考える。それこそ記憶に残っているのは、直純がはじめてシチューを食べさせてくれた日のことくらいだ。

現実の直純を前に十八の彼を思っている自分に気づき、響は内心苦く笑った。そのくらい、目の前に直純がいるという事実に現実感がない。

「飲めるか」と訊いたら「飲む」と答えたので、いける口に育ったのだろう。響は直純の前にグラスを置いて、本日のグラスワインを注ぐ。

「どうやって知ったんだよ、こんなとこ」

なるべくなんでもないことのように、響は言った。こんなとこ、という言葉には、言外《げんがい》に「ゲイなんかが集まるところ」というニュアンスをこめる。

「ああ――ええっと」

直純こそ、今、響といることに、現実感を持てないようだった。意識を引き戻されたように目の焦点を合わせると、「ごめん、調べた」と申し訳なさそうに背中を丸める。

「調べた、って？」

「調査会社に依頼して」

「そう。知ってる？　響、テレビにちらっと映ってたんだよ。それで、東京《とうきょう》にいるってわかって」

「調査会社？」

もしかして、と思っていた懸念が的中し、響は口のなかで舌打ちした。

今まで自分は、国内にはいると両親に知らせていても、どこにいるかについての手がかりは与えなかった。ところがテレビに映されてしまったことで、捜す地域が限定されたのだろう。調査会社にも、ぐっと頼みやすくなったはずだ。

いつもなら、自分の居場所がわかるようなことは極力避けて過ごしている。人の注目を集めるようなことは一切しない。あの街を出てから、徹底してきたことだった。

が、一年に一度だけ、例外になってしまう日があった。

直純の誕生日だ。

毎年その日が近づくと、気にすまいと思っていても、結局は自分の誕生日よりも気にしてしまう。誰といるんだろう、どこにいるんだろうという考えをどうしても頭から追い払えずに、ふだんなら行かない飲みの誘いにも乗ってしまう。

直純が見たのは、おそらく今年の直純の誕生日に撮られた映像だろう。

今年も、したたかに酔っていた。正体をなくし、最終的には真木に担《かつ》がれ、タクシーに放りこまれて帰ったように記憶している。後日常連のひとりから、全国放送のバラエティ番組でその夜のことが放送されると知らされ、血の気が引いた。

しかしまさか、直純がそれを見ていたとは。

「……あんなちらっと映っただけで、よく俺だってわかったな」

「響も見た？」

「ああ、常連さんが教えてくれて。俺、こんなもんだっただろ？」

響は右手の人差し指と親指のあいだに小さなすきまをつくる。

「うん。調査会社の人にも見てもらったんだけど、こんなので十年も会ってない人が判別できるわけないって言われたよ」

「いや、あんなちっちゃいのでわかるっていうほうが異常だろ」

「わかるよ」

「嘘つけ」

「嘘じゃない」

直純は、やたらきっぱりと言い切った。直純が、自分を見ている。

「俺が、響を見間違えるはずがない」

「な……に言ってんだよ」

頬にふわりと血が上った。

うれしいと思ってはいけないと、自分で自分に言い聞かせる。

響は、黒いタブリエの裾をぎゅっと握った。

今さらどうして、こんなことが起こるのだろう。

自分は直純を不幸にしないために、故郷を捨ててきたはずだ。そのために、家族や友人、それまでの自分を捨てた。それなのに――。

「それで調査会社に頼んだのか」

少しだけ、声が尖《とが》った。

それを非難するように、直純の声も大きくなる。

「だって、誰も響の行き先、知らなかったんだよ。どれだけ……」

どれだけ、心配したかと言いたかったのだろう。

ボトルを片づけるふりで視線を外すと、直純は思いとどまったように言葉を切った。

人の居場所は、その気になれば簡単に知れてしまう。直純だって、今回のことでわかったはずだ。行方《ゆくえ》がわからないということは、なにか事件に巻きこまれているか、本人が意思を持って逃げているかのどちらかだ。

「響……」

直純は響の反応を、気を悪くしたと取ったようだった。

響の生活を調べたことを、後ろめたく思っているのかもしれない。もしくは――思わぬ場所での再会に、戸惑っているのか。

無理もないな、と苦笑いしていると、直純が、「とにかく、安心した」とつぶやいた。

「死んでると思ったか？」

「ううん。おばさんに、電話はあるって聞いたから」

「そっか、完全に消えるのも難しいな」

響が笑ってみせると、直純は思いきり眉尻を下げた。笑いごとではないと言いたいのだろう。

「直純も、元気そうでよかったよ」

ようやく余裕ができて、響は二十八歳の直純を見た。

やわらかそうな茶色の髪や、おだやかな瞳は、記憶のなかの直純そのままだった。

この十年で変わったのは、体つきと、輪郭《りんかく》のラインだ。

肩や腕は、昔よりずっとたくましく、反対に、頬の丸みはすっきりと削ぎ落とされて、女には困らないだろうなという印象だった。

もう、会わないと思っていた顔だ。

こうして目の前にあらわれると、時間の感覚がおかしくなってしまう。

――もう大丈夫だ、十年も前の話だ。

もう一度心の中で、呪文《じゅもん》のようにそう唱える。

今日だって、真木や小野寺に笑って話せた。実際、直純を目の前にしても、十八のときに感じていた引き裂かれるような痛みはもうない。

目の前に、なんだか懐かしくも格好いい男がいる、ただそれだけだ。直純はもう、自分にとっては思い出の人なのだ。

響は、カウンターの背中側にある棚《たな》に腰を預けた。体の前で、腕を組む。

「で、おまえはどうしてんの。料理人、やってんのかよ」

「――ああ」

直純は、気が回らなかったといった様子で、財布《さいふ》から名刺を抜き取って寄越した。直純の名前の上に印字されているのは、都内にある外資系ホテルの名前だ。

「今、ここで修行させてもらってるんだ」

「へえ、いつから？」

「二年前、かな。調理師専門出たあと、ちょっと海外行ってたから」

「すげえな、海外修行かよ。どこ行ったの」

「イタリアと、フランスに三年ずつ」

ぽんぽんと会話がつながりはじめれば、話すこと自体は苦ではない。ポーカーフェイスも世間話も、真木にみっちり仕込まれた。

直純は、海外での経験と、今の暮らしを順に語った。

会話のあいだに、ひと組、またひと組と、店内の客を見送る。

カウンターに戻ってくるたび再開されるのは、去年会っていたとしてもできるような会話だ。

こんな話しかできないのか、もっと話すことがあるだろうとは思うものの、いざなにを話そうかと考えると、どうしていいのかわからない。

直純の両親は元気か、共通の友達はどうしているか。故郷の街は、合併で名前が変わってしまったらしい。帰らないと決めた街なのに、響はほんの少しだけ、切《せつ》ないような気分になった。

その話題が出たのは、ついに最後のカップルが、店をあとにしたときだった。もう店内には、直純以外の客はいない。

「……ねえ、響は、どうしてみんなに黙って地元を出たの」

しっかりとこちらの目を見て訊くところが、直純らしいなと思った。響はクロスを片手に持って、グラスを取ろうとした手を止める。

逃げられないよう、響をしっかり視線で射止め、直純は言葉を重ねた。

「俺にも話してくれなかったのは、どうして？」

問う声には、咎《とが》めるような気配はない。十八歳の直純ならば、もっと無邪気《むじゃき》に詰《なじ》っただろう。けれどあれから十年経つのだ。直純も自分も、いい加減大人になる。

――どうして、か。

そう問われると、答えはひとつしかなかった。

――おまえが、好きだったから。

けれどそんなことを、口にできるはずがない。

響はグラスを磨くのをやめて、自分の前にことんと置いた。

そこにもワインを注ぐと、向かい合う男と視線だけで乾杯をする。

グラスを合わせて音を鳴らした、あの春のことを思いだす。十年の月日はカウンターテーブルに成りかわり、ふたりのあいだに横たわっていた。

ふたりとも、たしかに大人になった。

感情的になりすぎず、落ち着いて話ができる歳になった。ある程度、自分という人間にも諦《あきら》めがついた。いっそ、自分の性癖《せいへき》を直純に知られて引かれても、それはそれでいいやと思えるようにはなっていた。

今日ここで会ったのも、必然なのかもしれなかった。

十年間、忘れたふりでごまかしてきた。けれど本当の意味で、幼い初恋に終止符を打つのも悪くはない。

そんなふうに思う自分をどこか遠くに思いながら、響はグラスをカウンターに置いた。

「おまえも、調べたなら気づいたんだろ。こういう店に勤めてるやつが、どんな男か」

なにを言おうとしているのか察したのだろう。直純は、なにか言いあぐねた様子で響の言葉を待っている。

続く言葉を発するには、さすがに勇気が必要だった。

こんなふうにあらためて誰かに切り出すのは、考えてみればはじめてだ。その相手が、誰よりも知られたくなかった相手なのは、皮肉としか言いようがない。

小さく深呼吸して、覚悟を決める。

「誰にも言ってなかったけどさ。俺、男が好きなんだよ。地元は狭いし、知り合いばっかだし、誰かとつき合おうもんなら、すぐ広まって居づらくなるだろ」

「……響」

響の言葉を遮《さえぎ》るように呼んだきり、直純は黙った。

当然だろう。自分だって自覚する前は、男が男に欲情するなんて、ありえないと思っていた。

だから、直純を好きになってしまったときは困惑した。

自分だけではない、その対象にされてしまった直純に、好奇や嫌悪の視線が向いてしまうだろうこともよくわかった。今だって、自分が当事者にならなければ、口さがない噂話《うわさ》をしている側の人間だったかもしれない。

そしてなにより、気持ちを知られて、直純との関係が変わってしまうことが怖かった。

「自分がゲイだなんて、人に言えるはずねえし……家族に言うと止められそうだし、黙って出てくるしかなかったんだ。その点、ここは楽だからな。職場もこんなだし、まわりも同じようなやつばっかりだし」

白熱灯《はくねつとう》のあかりが照らす店内には、人の気配が残っていた。

数時間前の喧騒が蘇る。

食器とカトラリーが触れ合う音、楽しげな笑い声、新しい客を迎えるドアベルの音。

外がどれだけ寒くても、ここにはあたたかい食事がある。

その食卓を前にして、笑う人々の顔がある。

響がこういう場所に居つくのは、きっと自分が生まれた街での、直純との思い出のせいだった。

あの街から逃げてきたのに、結局響は、思い出のなかとそう変わらない場所にいる。あの街で、この男の隣で過ごした日々が、自分をかたちづくっている。

その思い出があればもう、十分だ。

「――幸せにやってるよ、今は」

「……そっか。だったら、よかった」

直純はふと肩の力を抜いてつぶやいた。言葉に裏は感じられず、本当にほっとしているようだ。

響は肩すかしを食わされたような気がして、直純を見る。

「よかったって？」

「うん。――響が幸せなら、よかった」

そこにあったのは、十年前と変わらない、おだやかな――響の、いちばん好きだった笑顔だ。

「……おまえ、気持ち悪くねえのかよ」

高校を卒業するまで、響のいちばんそばにいた直純だ。抱いて当然の感情を口にすると、直純はきょとんとこちらを見た。

「なにが」

「なにが……って、おまえな、聞いてたか？　俺はな、ゲイだって言ったんだよ。ずっとおまえと一緒にいた男だぞ？　気持ち悪くねえのかって言ってんの」

「気持ち悪くなんてないよ」

どうして、とでも言いたげな口調で、直純は言った。ちょっとは驚いたけど、とカウンターの上に視線を落とす。

「それより……響が、どうしてるかなってずっと気になってたから。どこにいるんだろう、寒くないかな、風邪引いてないかな、お腹空いてないかなって、そんなことばっかり考えて……でも響は、今幸せにやってるんだよね」

だから、よかった、と直純が顔を上げたとき、響は十年の月日が経ったことをはっきりと思い知らされた。

響を見つめている顔は、あの頼りない顔ではない。直純の顔には、繊細さよりも、たくましさの色のほうがずっと濃かった。

「そんなことくらいで、俺が、響のこと嫌いになると思った？」

「えっ？」

「そうだとしたら、けっこうひどいよ」

茶化すような物言いで、直純がつづける。

「だってそれって、俺のこと信用してなかったってことでしょ？」

「いや……別に、そういうわけじゃねえけど」

響は必死で、自分を律した。

直純は、自分が男を愛する男だと言っても、拒否反応を示さなかった。

もう会えないと思っていたし、もう会わないのだとも思っていた。

それなのにあろうことか、直純は響を探して会いに来た。

響が男を愛する男だと知っても、ちっとも嫌がることはなく、元気でよかったと笑ってくれる。夢だと言われたほうが、真実味があるくらいだ。

直純は続けた。

「気持ち悪いと思われるかも、って思ったのが、俺にも連絡くれなかった理由？」

「……そうだよ」

「俺は響のことが好きだよ。もとどおり、また仲よくしてほしいよ」

好き、の言葉に、響の胸がとくんと鳴いた。

直純は、好き、という言葉を、あまりにも軽く使いすぎる。

その言葉は、響が散々、直純に対して罪悪感とともに感じた言葉だ。

けれど十年の月日が経って、直純の口から聞く「好き」の言葉は、響の予想の範疇を超え、やさしく鼓膜をくすぐった。

直純は、響が男を好きだと知っても、変わらない態度で接してくれる。こういうところがやっぱり、いいやつなんだとあらためて思う。

本当は、それがわかっていたからこそ、そばを離れなくてはと思ったのだ。

これ以上、直純を好きになってしまうことが怖かった。

自分の恋が報われることは、直純を不幸に陥れることだ。こんなにやさしい直純を、自分の恋に巻きこむことを、響は心の底から恐れた。

けれど今、響と直純は、こうやって穏やかに話ができるのだ。

十分な時間も経ったし、おたがいに大人になった。

直純は、初恋の人として意識してしまうまでは、大切な友達で、幼馴染だった。

その関係に戻ることができるなら、そのほうがいいに決まっている。せっかくの直純からの申し出だ、響だって、できるならただの幼馴染みに戻りたい。

それに——響がゲイだとわかっても、また昔のように一緒にいたいと直純は言った。

それはつまり、自分が恋愛の対象にはなり得ないということだろう。そんなにも響は、恋愛の対象として見られていない。

響はそっと、指先で自分のくちびるに触れた。

だから直純は、あんなことができたのだ。

あの日触れた粘膜《ねんまく》の感触を、響は一日たりとも忘れたことがない。

笑いたいような気分になった。響がこんなに苦しんでいることも、直純にとっては取るに足らない、ささいなことだったのだ。

響にとっては、忘れられない出来事だった。

あの熱を、響は一度でも味わってしまった。

だから、響は——みずからそのぬくもりを、手放すしかなかったのだ。

＊＊＊

高校生活も、いよいよ残りわずかという感じになってきた。

十月の末に文化祭が終わってからというもの、大学受験組が目に見えてぴりぴりしはじめた。

響と直純は専門学校組なので、受験はすでに終わっている。揃いの合格通知も届いた。これで来年も、響の隣には直純がいる。

その直純に待ちぼうけを食わされて、響はぼんやりと教室の窓から外を眺めた。

窓際の後ろから二番目という特等席が、今月の席替えで勝ち取った響の席だった。

机の上に置いていた鞄を押しやり、腰を下ろす。窓に渡された手すりに腕をのせ外を見やれば、高台から見える街の景色は、どんよりと曇った空の下、つめたく凍《こご》えているようだった。

三階建ての校舎の最上階から見える並木の桜は、もうほとんど葉を落としていた。葉が落ちはじめると、並木に近いグラウンドの掃除はやたらと大変になる。

校庭掃除は最下階の一年生がやっていて、自分たちが一年のときは、響のクラスが担当だった。

懐かしいな、と思う。けれど懐かしいなんていう言葉は、十代の自分たちが使うには気恥ずかしい。

適当な言葉を見つけられないうちに、視界をちらりと知った背中が横切って、響は目を疑った。

染めているわけでもないのに茶色を帯びた癖《くせ》っ毛は、毎日見ているのだから間違えるはずがない、直純のものだ。かたわらを、さらさらとした黒髪の女子が歩いている。

女子のほうにも見覚えがあった。細い手足に大きな瞳の、可愛い子だ。

確か、直純と一緒に文化祭の実行委員――ほぼ雑用なので、やりたがる者がおらず、直純は毎年引き受けるはめになる――をやっていた子だ。一時期、津田が、可愛い子とお近づきになれて直純はずるいと騒いでいるのを響も聞いた。

当の直純は「そうかなあ」とのほほんとしていたけれど、なるほど、今日の昼休み、直純が「今日、帰るの遅くなるかも。ちょっと待っててくれる？」と打診してきたのは、このせいだったのだ。

「なんで？」

購買で買ったミルクパンをかじりながら、響は訊いた。ふたりで折半《せっぱん》して買っているコミックスの発売日だったので、今日は本屋に寄って帰ろうと約束していた。

「ちょっと、用事があって」

直純は、すまなそうに頭を掻《か》いた。

「用事？　校内で？」

「うん。あんまり長くはかからないと思うんだけど」

そう答える直純が、困ったような顔をしていたので、いったいどんな用事があるのだろうと思ったのだが。

――こういうことだったのか。

直純のやつ、隅には置けない。

響はすっかり面白くなって、ふたりの姿を視線で追った。

直純たちは、ほかの生徒の目を避けて、体育館の裏のほうへと行ってしまった。

体育館裏は、響がいる教室からも死角になる。

うずうずと待つこと数分、野球部のランニングが校庭を一周するころ、口もとを手で覆った相手の女子が、体育館の陰から出てくるのが見えた。

あれ、ひとりだ、と響は訝《いぶか》る。

しかもどうやら、泣いているようだ。

直純には、ずっと彼女はいないはずだった。好きな子がいるという話も聞いていない。その状態で、あんな可愛い子に告白されたら、とりあえず好意を受け取っておこうという気持ちにはならないのだろうか。それに、女の子を泣かせてひとりで帰らせるなんて、なんとなく直純らしくない。

つらつらとひとり考えていると、制服のポケットに入れていた携帯が震えた。取り出してみると、メッセージ送信者の表示は、まだ体育館裏にいるはずの直純だ。

《用事終わった。教室行くよ》

あいつ、と響は額に手をやった。

あんなに可愛い子を泣かせておきながら、自分のことを気にしてどうするのだ。なにか言ってやりたいが、言葉も出ない。

呆れ果てて体育館の裏にもう一度目をやると、直純がいそいそと携帯をポケットにしまいながら出てきたところだった。

告白されて、彼女を振ったその場所で、自分にメールを打ったのか。あの子にとっては、必死の告白だったろうに。なんというか、彼女が哀れに思えてくる。

絞り出すようなため息をひとつつき、響は帰る支度《したく》をした。先週クローゼットの奥から引っ張り出したコートを羽織《はお》っていると、教室の扉ががらりと開く。

「ごめん、お待たせ」

立っていたのは直純だった。息が軽く弾《はず》んでいて、どうやらここまで走ってきたようだ。

「あのなあ、おまえ……」

肩を上下させている直純を見ていると、泣いていた彼女の心配をするよりも先に、犬のように撫でてやりたいような気分になった。ちょっとくらい彼女のこと気にしろよ、と思いながらも、憎めない。

「見てたぞ、体育館裏」

「え？」

目を見開いてこちらを向いた直純は、ひと呼吸置いて、かあっと顔を赤くした。

「告白されたろ」

「見てたんだ……」

照れと困惑《こんわく》が入り混じったような顔で、直純は視線を泳がせた。

「隠しごとできると思うなよ」

教室を出しなににやりと笑うと、返す言葉を思いつかなかったのだろう。直純は、すごすごと自分の後ろをついて階段を降りた。

枯れ葉の舞う昇降口を出て、直純の漕ぐ自転車に乗り、繁華街の本屋を目指す。

繁華街と言っても、田舎《いなか》の街だ。高校生が遊ぶところなんて決まっているし、休日ともなれば、絶対にクラスメイトのひとりやふたりに出くわした。

案《あん》の定《じょう》、本屋に行ってもCDショップに行っても、友達に会った。

挙《あ》げ句《く》の果てには、彼女を連れた津田に遭遇し、自慢話を聞きがてら、四人で数時間ドーナツショップにこもるはめになる。

「じゃあな。おまえらもヤロー同士でつるんでないで、彼女でもつくれよ」

「そんなふうに言わなくてもいいじゃない。友達を大事にする男の子って、いいなあって思うよ」

軽口を叩いて別れ、帰路に就くころにはとっぷり日は暮れていて、夜になって下がった気温に、響はぶるりと首をすくめた。

「津田にはもったいねー彼女だな」

「ほんと、可愛かったね。よく笑うし、明るいし」

直純は、ふたりぶんの鞄をのせた自転車を押していた。市街地での二人乗りは避けている。

「おまえが言うと嫌味にしか聞こえねーよ、告白蹴ったばっかりのくせに」

若干の悔しさも手伝って、響は話を蒸し返した。

ふん、と鼻を鳴らすと、「そんなこと言われても」と直純は鼻白《はなじろ》む。

「どうにもなんないよ。相手だって、義理でオーケーされたってうれしくないだろうし」

響は、なにか意外な気持ちで直純を見た。

案外、真面目に考えている。恋愛を茶化さずに語る直純は、大人っぽくてぐっときた。

直純は自分よりも、愛だの恋だのといったものについて、一歩進んでいるのかもしれない。同じラインに立っていると思っていたのに、自分の子どもじみた恋愛観が恥ずかしい。

「でも」

仕切り直そうと、響は言った。

「おまえ、彼女いたことねえじゃん。もう俺ら、高校卒業するんだぞ？　高校時代の思い出に、彼女のひとりくらいほしいと思わねえの？」

「それ言うなら、響もでしょ」

「そりゃそうだけど、あいにくおまえみたいに相手してくれる子がいないんでね」

思いっきり舌を出してやると、直純はなんだかうれしそうに、ふはっと白い息を吐いて笑った。

「そんなことないよ。響のこと好きだっていうやつ、いるって」

「聞いたことねえな」

「そりゃ、なかなか言いにくいよ。俺だって、告白なんてどうやったらいいかわかんないし」

「その言いにくい告白をしたんだぞ？　相手の子は」

たたみかけると、直純はついに、うう、と唸《うな》ってうつむいた。

「なんて告白されたの」

話の主導権を取り戻した気がして、にやりとする。

からかうように響が言うと、逃れられないと思ったのだろう。直純は、ハンドルのあたりに目を落としたまま、ぽつぽつと白状した。

「……彼女、文化祭の実行委員、一緒にやった子なんだ。そのときに、こう、いろいろ手伝ってあげたのとか、よく思ってくれてたみたいで……」

「おまえのあれは、ずるいよなあ」

なるほど、と響は納得する。

本人は知らないかもしれないが、直純はひそかに女子の評判がいい。

根がやさしく、家業のこともあり、サービス精神が叩きこまれている直純だ。

女子が少しでも困っていれば——たとえば提出物のノートの山を抱えていたり、高いところにあるものを取ろうと背伸びしていたりすれば——、てらいなくさっと手を貸してやることができる。

直純は、津田のようにガンガン押すタイプではない。

けれど、助けてもらった女子たちが、「室井ってけっこういいよね、やさしいし」と噂話をしているのはよく耳にする。

奥手な直純だ。自分から女の子に告白するなんて、考えたこともないだろう。けれどそんな直純だからこそ、幸せになってほしいとも思う。

できるなら、誰か直純のことを気に入った子が、勇気を出してくれるのがいちばんだ。

「まあつまり、おまえのいいとこわかった上で告ってくれたってことだろ？　うれしいじゃん、そういうの」

「だからって、適当につき合うわけにはいかないよ。今日告白してくれた子だって、ほかに好きな子がいるってやつとつき合ったって、しょうがないだろうし」

「そりゃそうだけど」

直純の言うことがわからないわけではないが、なまじ津田のような同級生を見ていると、直純の恋愛事情はもどかしかった。

けれど——。

――ほかに好きな子がいるってやつとつき合ったってしょうがないし。

直純自身に好きな子がいるなら、その子以外に告白されても、確かに仕方のないことだ。

……好きな子？

「――ちょっと待て」

直純があんまり普通に言うもので、あやうく聞き流してしまうところだった。響は直純の腕をつかみ、無理やりその歩みを止める。

「どうしたの、響」

「なに、好きな子って！」

「え」

「おまえに好きな子いるなんて、聞いてない！」

「……あ」

直純も、失言に気づいたのだろう。暗い夜道でもはっきりとわかるくらいに、みるみる顔を朱《しゅ》に染める。顔どころではない、耳まで真っ赤だ。

「え、っと、それは……」

「なんだよー、聞いてねえよ」

「そりゃ、言ったことないから……」

「水くせえなぁ」

つかんでいた腕を離すと、直純は「嘘ついてたわけじゃないよ」とそそくさと歩き出した。話をそらすつもりらしい。

「でも、隠してた」

響はじっとりと直純を見上げる。

「言わなかっただけだよ」

「教えてくれてもよかった！」

あーもう、とぼやき、空を仰《あお》ぐ。

さっきまで、直純のことならなんでも知ってると思っていた。澄んだ冬の空にはちらちらと星がまたたいていて、なんだかそれが、すごく遠くに感じられる。

子どもじみた真似だとわかっているが、ぷうっと頬をふくらませた。

「どうして教えてくんなかったんだよ」

「え？　だ、だって……響だって、好きな子とか、教えてくれたことないのに」

もごもごと語尾を濁《にご》す直純を見て、響はなんとはなしに、すっきりしない気分になる。胸中《きょうちゅう》に、なにか得体の知れない気持ちが生まれてくるのを感じた。もやもやする。

「俺は、好きな子とかいたことねえもん」

ふてくされたように言ったが、嘘ではなかった。

響だって誰かいい子がいれば、彼女くらいほしい。なんと言っても高校生、十代男子なのである。

けれど響は、津田のように、誰か特定の女子を好きになったことはなかった。

同級生の女子と触れ合って、可愛いな、やさしいなと思うことはあっても、好きだなとか、もっと言えば、触りたいとか、触られたいとか、セックスしたいと思ったこともあまりない。

世の男子高校生のスタンダードからは外れているようだが、いちばん身近な十代男子の直純も同じようなものだったので、ふたりとも淡白《たんぱく》なのかなくらいに思っていた。

けれど直純に、好きな子がいるとなれば話は別だ。

なんとなく、直純に先に行かれてしまうような気がしたのだろうか。胸のなかのもやもやは、そのせいなのかもしれなかった。

なんなのかわからないそれを振り切るように、わざと明るい声で続ける。

「なあ、好きな子って、俺の知ってる子？」

上目《うわめ》に見ると、直純はたじろぐように喉仏を上下させた。めずらしい反応だ。面白くなって、響は「なあって」と直純を追い詰めた。

「俺はおまえに隠しごとないのに、おまえは俺に隠しごとする気？」

「ち、違うけど」

「じゃあ言えるだろ？　誰とまでは言わなくていいからさ」

真面目な直純のことだ、その子のことが本気で好きなことに間違いはないだろう。

直純は大切な幼馴染みだ。響に協力してやれることがあるなら、手を貸してやりたかった。

「ほら、言ってみろって。俺が誰かに言いふらすと思うか？」

「……思わない」

「だろ？　大丈夫だって」

ぽんぽんと背中を叩いてやると、直純はいっそう恥ずかしそうに体を縮めた。やたらあたたかい気持ちになって、響は直純に問いかける。

「なあ直純。同じ学校の子？」

響に引く気配がないことがわかったのだろう、直純は観念したように、小さく「……うん」とうなずいた。おお、と響は内心驚き、質問をつづける。

「同じ学年？」

「……そう」

「同じクラス？」

「ううん」

「へー、何組の子だよ」

「もう、勘弁《かんべん》してよー……」

ハンドルに突っ伏すようにして、直純が音《ね》を上げる。限界だ、と訴えるようなその態度がおかしくて、響は声を上げて笑った。

とりあえず今日は、直純に好きな子がいるとわかっただけで十分だ。

ちらりと目をやると、直純はぐるぐる巻いたマフラーに、照れたように鼻先を埋めていた。直純はいいやつだが、ここまでシャイなのは玉に瑕《きず》だ。

「それにしてもさぁ、おまえ、そんなんでいいのかよ」

「……そんな、って？」

「好きなんだろ？　卒業までに、その子とちょっとでも思い出つくれたらいいなとか思わねえの」

「そりゃ、一緒に過ごせたらなって思うけど」

「だよな？」

響は、直純の腕を引いて立ち止まらせる。自分より厚みのある肩に手を添えて、ぐっと背筋を伸ばさせた。

「なに、どうしたの、響」

「ちょっと黙ってろ」

響はしっかりと直純の目を見据《みす》えて言った。

「あのな、直純。よく聞けよ。おまえはな、肝心《かんじん》なとこで押しが弱いんだ。やさしくていい男なのに、そういうとこ損してんだよ。堂々としてればかっこいいんだからさ、しゃんとしてろよ、しゃんとな、と言い聞かせるが、直純は「そうかな」と、まだ気弱に目を伏せた。

「大丈夫だって。おまえ、俺の言うこと信じられねえの？」

「そういうわけじゃないけど」

直純は考えるように視線を泳がせ、響のほうを見返してくる。

「響も……俺が、堂々としてるほうがかっこいいと思ってくれる？」

「おう、思う」

響は自信を示すように、どんと自分の胸を叩いた。

「おまえの好きな子にも、直純のこと、いいやつだな、かっこいいなって思ってもらって、幸せになってほしいんだよ。うまくいくよ、おまえなら」

励ますように言うと、直純はしばらく、きょとんと目を見張っていた。けれど響が見ているうちに、ゆっくりと、花がほころぶようにほほえんだ。

「……ありがと。響がそう言ってくれるなら、心強いよ」

想いが通じたことがうれしくて、響の口もとも思わずゆるむ。

やっぱり直純は、いい男だ。

響はぐいと背伸びをして、直純の首に腕を回す。この身長差ではちょっと無理があるけれど、かたちだけでも肩を組んだ。

「わっ……ちょ、響……！」

重心を失った直純が、ぐらりと響のほうへ傾いた。

「ほら、しゃんとしろって言っただろー？」

倒れてきた直純の頭に、ぐりぐりと頭を押しつける。しんと冷えた夜の気配に、直純の肌のにおいがした。

「……俺も、幸せになれるかな」

直純がつぶやいた。

「なれるって、絶対」

響も答える。

気の弱さだけが欠点の直純だ。そこさえ変われば、きっとすぐにでも彼女ができる。

──彼女ができれば、こんなふうに一緒に帰ることもなくなるかもしれない。

そう思うと、急に隣にいる直純のぬくみを失うことが、もったいないような気分になった。

胸の奥が、しくりと痛む。

どうして、と思うものの、それもそうか、と思い直した。今までずっと、一緒にいたのだ。しかし直純に彼女ができれば、そういうわけにはいかなくなる。だから、少しくらい感傷的になったとしても、それはきっと自然なことだ。

「──腹減ったなあ」

胸の痛みを振り切るように、響はことさら明るい声を出した。歩くうちに、大通りからは遠ざかっていた。冬の夜の藍色を、街灯がスポットライトのように切り取っている。

「うん、帰ろっか」

直純が自転車にまたがる。その荷台に乗ろうとすると、直純が「あれ？」と振り返った。

「響、マフラーしてないね」

「ああ……クリーニング出したら、お袋が引き換えの半券、失くした」

半券がないと、探してもらうのに少し時間がかかる。

取りに行かなくてはとずっと思ってはいたものの、つい先延ばしにしてしまっていた。取りに行く面倒さが勝り、やせ我慢はしていたけれど、もうマフラーなしでは厳しい季節だ。

直純はくつくつと肩を揺らすと、自分の首からマフラーを取った。

「おばさんらしいな。じゃ、とりあえずこれしてなよ」

立ったままの響に、直純がマフラーを巻く。

「へ？　なんで」

「響、寒そうにしてたから」

「でも、おまえが寒いだろ」

「俺は平気。響がいいこと言ってくれたから、なんだか体、あったかい」

「……調子いいやつ」

響は直純の後ろ、荷台に飛び乗った。直純が「行くよ」ときちんと声をかけ、ペダルを漕ぎ出す。

「今日のおやつ、グラタンだって」

さっき母さんからメールあった、と直純が言った。

「まじか、ラッキー。俺、おまえん家のグラタン大好き」

こんなふうになんでもない会話も、減ってしまうのかと思うといとおしい。吹きつける風がつめたいほどに、直純のぬくもりは鮮明だった。

響は目の前の背中に、ぎゅうと力をこめて抱きついた。

直純はそれに応えるように、ペダルを踏む足に力を入れる。

鼻の先を、凛《りん》と冷えた空気が横切っていく。響は直純の真似をして、まだほのかに体温が残るマフラーに鼻を埋めた。あたたかい、直純の肌のにおいがする。

直純はいい男だ。幼馴染みとして、幸せになってほしい。その気持ちに嘘はない。

でも、もう少しだけ――直純が、好きな子に想いを打ち明けられるまでは。

直純は自分のものだと、腕のなかにあるぬくみに、響は体をまるごと預けた。


それからの直純の変化は、響の目にも明らかだった。

直純は、もともと大人しいというだけで、暗いやつというわけではない。

うつむきがちだった背筋を伸ばし、響以外とも積極的に話すようになった直純は、いつ見かけても、人に囲まれているようになった。

十二月に入り十日もすれば、期末のテストも終わってしまう。

終業式までは、午前中だけの変則授業だ。教室は、クリスマス前のムードに浮かれる者と、受験勉強のためそれどころではない者とに、ぱっきり二分されていた。

「おい、響」

帰り支度をしていた響は、自分を呼ぶ声に振り向いた。津田が、狐《きつね》につままれたような顔をしてこちらに歩いてくる。

「あれ、どういうこと？」

津田の指差すほうを見れば、廊下の真ん中で、直純が数人の女子に捕まっていた。

会話に耳を澄ませると、直純が洋食屋の息子だと知った女子たちが、今度店に行ってもいいかと訊いているようだ。

「うん、ありがとう。来てくれたら、親父も喜ぶよ」

「室井は料理、つくってくれないの？」

「俺はまだ見習いだから。一人前になったらね」

答える直純は、しゃんと背筋も伸びていて、おどおどしたところもない。

最近はいつもこうだった。

堂々としていれば絶対にモテるという響の予想どおり、直純は女子たちのあいだで急に株を上げていた。響のところにも「市川って、室井と仲いいよね」「幼馴染みってほんと？」と、女子からの問い合わせが続々と入る。

直純についてのことなら、誕生日から血液型、好きな食べ物から好きなテレビ番組まで、響が答えられないものはなかった。

そのことに、ほんの少しの優越感を覚えながらも、なんとなく全面的には喜べない。予想しなかった自分自身の反応に、響は首をひねっていた。

あの調子なら、響がこれ以上あれこれ手助けしてやらなくても、直純は好きな子とうまくやれるだろう。そう思うとなぜか、胸にぽっかりと穴が空いたような、あてどもない心地がする。

あのなかの誰かが、直純の彼女になるかもしれない。

そうなれば、直純は響の隣に、いつもいてくれるわけではなくなる。

直純に彼女ができれば、もちろんうれしい。けれど一方で、そうなってほしくはないような、よくわからない気持ちもある。

そのせいで、女子たちの質問に答える響の口は、直純と自分がどれだけ仲がいいかを並べ立ててしまうことが何度かあった。

「なんだかなあ、直純、変わったよなあ」

津田がぼやくように言った。

「将来のこととか、実《ほ》はちゃんと考えてるみたいだしさあ。なんか最近、しっかりしててかっこいいもん。俺もうっかり惚《ほ》れそうだわ」

悩ましげなため息をつく津田を、響は胡乱《うろん》な目で見やる。

「おまえ、正気で言ってんの？　男同士だろ」

「冗談に決まってんだろ。そんくらいわかれよ」

津田は呆れたように、口もとを歪《ゆが》めた。

「だいたい、男同士って言ったらおまえらのほうがよっぽど怪しいからな」

「え？」

一瞬、なにを言われたのか判らなかった。響が目をまたたくと、津田は「無自覚かよ」と大仰《おおぎょう》に天を仰ぐ。

「おまえら、幼馴染みだからって仲よすぎだろ？　なんかやたらと距離近けえし、登下校は毎日一緒、休み時間もほぼ一緒、休みの日もずーっと一緒」

馬鹿にしたような言いかたに、響はむっとして返した。

「それがどうかしたのかよ」

「どうかしたのか、じゃねえよ」

津田は、本気で理解できないという表情を浮かべる。

「ひとりの時間って、風呂と寝るときしかねえじゃん。たまにはひとりになりてえとか、思わねえ？」

そんなことを言われても、響と直純にとって、一緒にいるのは、幼いころからの習慣だ。とりたてて変わったことでもない。ばかりか、風呂もよくおたがいの家で使うし、どちらかの家に遅くまでいれば、泊まっていくこともしょっちゅうだ。

それすらおかしいと思われるようなら、泊まりの日は同じ布団《ふとん》で寝ていることなど、とてもではないが、言ってはいけないことなのだろう。

「ひとりになっても、することねーもん」

まともに言い返せずに、響はぷいとそっぽを向いた。すると津田は、あんぐりと口を開ける。

「それ、まじで言ってんの?」

「え?」

「おまえら、AVとか見ねえわけ? オナニーどうしてんだよ」

「はあ?」

響は思いっきり顔をしかめた。

「おまえも直純も、しねえってことはねえだろ? あ、まさかとは思うけど、ふたりで……」

冷やかすような物言いに、響はかっとなって食ってかかった。

「バカ、俺はホモじゃねえ!」

「あーあー、そうだな、わかってるって」

津田は顔の前でぴらぴらと手を振ってみせる。

「まあ、おまえらのことだから、今さらどうなってても驚かねえけど」

「んなことしねーって言ってんだろ!」

「そうムキになるなって。本気でそうなのかと思うだろ?」

「だから……!」

「はいはい。直純もホモじゃねえんだろうよ、あの様子じゃ」

津田は恨めしげに、女子に囲まれたままの直純のほうへあごをしゃくった。あんなに可愛い彼女がいるのに、直純を妬《ねた》んでいるらしい。それはそれで、どうかと思う。

「直純に彼女できちゃったら、響、おまえどうすんの」

「どうすんのって……そりゃ、うれしいよ」

「ほんとかぁ?」

「なんだよ、その言いかた」

含みを持たせた津田の言葉が、響にはやたらと引っかかる。

直純に彼女ができれば、もちろんうれしい。直純の笑顔を見られることが、響にとっては、いちばんのいいことだ。

でも——。

響は、廊下に立つ直純を見やる。

直純に彼女ができたとき、その笑顔が見られるのは、自分ではないのだ。

「寂しいだろって言ってんだよ、あれだけ一緒にいたのにさ」

津田の言葉に、響は、すとんと考えが腑《ふ》に落ちるのを感じた。

そうだ――この胸がからっぽになる感じは、寂しいという感情なのかもしれない。

津田の言うとおりだ。

直純とは、幼いころから四六時中一緒にいたのだ。

もはや響にとって、直純は半身のようなものだった。その半身が急に誰かのものになったなら、寂しいに決まっている。

「……そうだな、俺、寂しいのかも」

「だろー？　そこでだよ」

ぱん、と胸の前で手のひらを合わせ、津田は顔を輝かせた。よからぬことを企《たくら》んでいる。

「かわいそうな響くんのことは、俺がどうにかしてあげようと思います」

「……は？」

「いや、彼女がさ、友達に誰か紹介してやってくれってうるせーのよ。な、俺の顔立てると思ってさ。遊びに行こーぜ、女の子誘って」

「おまえ、結局それが言いたかっただけかよ」

動揺するだけ損をした。

津田はさっそくポケットから携帯を取り出すと、どこかへメールを打ちはじめる。相手はおそらく彼女だろう。

「おい、勝手に決めてんじゃねえよ」

「なんだよー、女紹介してやろうって言ってんのにさあ。今日このあと、どうせ暇《ひま》だろ？」

暇は暇だが、いつも響は、直純と一緒に帰る。響がちらりと直純を見やると、考えていることがわかったのだろう、津田は軽くかぶりを振った。

「だからな、響。おまえもいい加減、直純離れしろって言ってんの。おまえがべったり張りついてたら、直純も、女と親しくなりようがないだろ？」

「……そういうもん？」

「そりゃそうだろ。登下校なんて、恋が生まれる王道シチュエーションじゃねえか」

言われてみれば、そうかもしれない。

響は直純を盗み見た。

直純は、まだ女子と一緒にいる。楽しそうに話しているのは、直純のクラスでもひときわスタイルのいい、榎木《えのき》という女子だった。

榎木は、艶《つや》やかな髪を肩口で切り揃えた、なかなかの美人だ。スカートの裾からは、すらりと長い脚が伸びている。ウエストは細く締まり、胸には豊かなふくらみがある。

――直純もやっぱり、ああいう子が好きなんだろうか。

胸の奥に、あの空虚《くうきょ》な痛みがぶり返す。

寂しいだけだ、と胸に手を当て、響は自分に言い聞かせた。直純の恋を応援するためには、響自身も、直純離れしなければならない。

彼のためを思うなら、いつまでも直純につきまとっているわけにはいかなかった。

それに、自分にも好きな子ができたら、この痛みはきっと消える。直純への気持ちは、気に入ったおもちゃをひとり占めする、子どもの独占欲みたいなものだ。

「……で、どこ行くって？」

腹を決めて響が言うと、津田はびっくりしたようにこちらを向いた。

誘っておきながら、響が承諾《しょうだく》するとは思っていなかったのかもしれない。ぱちぱちと目をまたたき、ぱっと明るい顔になる。

「合流してから相談しようぜ。ひとまず駅前集合」

そうと決まれば、と腕を引かれて、響はつんのめるようにして教室を出た。廊下ですれ違うとき、うっかり直純と目が合ってしまう。

「あっ、響、帰り……」

「悪い、今日、津田と遊んでくから！」

直純の言葉を遮って、口を挟みようのない言いかたをした。直純の喉が動いて、言葉を呑《の》みこんだのがわかる。津田が、直純の肩をぽんと叩いた。

「安心しろよ、直純。おまえが榎木と仲よくやってるあいだに、響にもちゃんと、女の子紹介してやるからさ」

「やだ、津田サイテー」

津田の軽口に、榎木がころころと笑っている。

目を伏せた響は顔に、直純の視線を感じた。響はなぜか直純の顔を見るのが怖くて、目を上げないまま「そういうこと」とつぶやいた。

「……そっか」

直純の声が、つむじに聞こえる。妙に平坦な声は聞き慣れなくて、響が目を上げると、もう直純は、こちらを見てはいなかった。

「じゃーな直純、響借りてくぜ」

「うん、また明日」

榎木が、響を引っ張って歩き出す津田に手を振った。それもなぜか見ていられなくて、響は機械的に足を動かした。


津田が紹介してくれたのは、彼女の友達だという、百合ヶ丘女子の生徒だった。

セミロングの髪をやわらかく巻いた、可愛い子だ。津田と、津田の彼女と、絵里《えり》と名乗ったその女の子とで、カラオケに行き三時間ほど一緒に過ごした。

街中にその姿を見つけたのは、カラオケから出て、腹ごしらえをしようとファストフードの店に向かう途中のことだ。

「あれ、直純じゃね？」

津田の声に目をやれば、教室の前で別れた直純がいる。その隣には、スカートをひらりと揺らして寄り添う榎木がいた。

「おー、直純も、ちゃんと青春してんじゃん」

口笛でも吹きそうな調子で、津田が茶化す。

「誰？」

津田の彼女が訊いた。

「ああ、あいつ？　響の幼馴染み」

直純を見ようと、絵里が響のほうへ身を寄せてくる。

「へえ、かっこいいね。一緒にいるの、彼女かなぁ？」

「じゃないはずだけど、いい雰囲気だよなあ」

津田はにやにやと、直純と榎木を目で追った。

直純たちは、こちらに見られていることには気づいてもいない様子で、そのまま駅前のセレクトショップへと入って行く。

背の高い直純と、抜群《ばつぐん》にスタイルのいい榎木は、文句のつけようがないくらいに似合いのふたりだ。

ショウウインドウ越しに、少女漫画のワンシーンのような光景が見える。

直純と榎木は、マフラーを選んでいるらしかった。

榎木が店内から適当なマフラーを見つくろってきて、直純の襟《えり》もとに当てる。

直純が手に取ったのは、グレーの地に黒と赤の格子《こうし》が入った、タータンチェックのマフラーだった。

榎木が直純の首に巻いてやり、ふたりで一緒に鏡を覗きこんでいる。ああだこうだと、楽しげに話し合うのが聞こえてきそうだ。

完璧で、理想的な高校生のカップルだった。

響はごくりと、空唾を飲む。

直純の隣に、自分ではない誰かがいる。そのことを、客観的に意識するのははじめてかもしれなかった。みぞおちのあたりが、きゅうっと苦しくなるのを感じる。

「どうしたの？」

いつのまにか、制服の胸もとを握りしめてしまっていた。それに気がついた絵里が、不安そうにこちらを見上げる。

「気分でも悪い？」

「え？　いや……ちょっと、驚いて」

自分でも、どうしてこんなふうになってしまうのかわからなかった。胸のあたりが、じんと痺《しび》れるように痛い。こんな痛みを、響は知らない。

そりゃしょうがないよな、と津田が笑った。

「直純を奪《と》られたみたいな気がすんだろ。響、直純にべったりだったもんな」

街にあふれる雑音が、すっと意識から遠ざかる。

——直純を、奪られたみたいな気がすんだろ。

津田の言葉が、頭のなかで、ふくれて歪む。

直純を、奪られた——直純の隣に、もう自分の居場所はない。

目の前の景色が、ぐらりと揺れる。足もとの地面が崩れていくようだった。からかう津田の声も、耳に入ってこない。

「響くん、大丈夫？」

「顔色悪いぞ」

「……ごめん」

響は胸もとを押さえたまま、ふらりと一歩、あとずさった。

「——俺、用事思い出して……悪い、帰るわ」

そこからどうやって帰ったのか、はっきりとは覚えていない。

気がつくと、どうにかこうにか、家までは辿り着いていたようだ。

勤めに出ている両親は、まだ帰ってくるような時間ではない。鍵を開けたきり閉める元気もなく、響はふらふらと二階の自室に上がった。

制服のままベッドに潜《もぐ》り、頭から布団をひっ被る。

思いだしたくないのに、頭のなかに、今日見たシーンがフラッシュバックする。

笑う直純、隣にいる榎木、榎木のスカートから伸びた脚。

直純が鏡を覗きこむと、その肩が、榎木の華奢《きゃしゃ》な肩に触れる。直純に向かって、榎木が笑う。それに向き合い、直純もほほえむ。自分以外に、直純の笑顔が向けられている。

怖い、と響はおののいた。知らなかった感情に、体を支配されてしまうのが怖い。

幼馴染みの、男相手に、こんな感情を抱くなんてありえないことだ。

自分は、直純の隣にいられる女に、嫉妬《しっと》している。

たとえば直純が、榎木とつき合うことになったとしたら、直純のあの手が、榎木の体に触れることになるのだろうか。

響は想像する。

直純が、あの大きな手のひらで、榎木の膝《ひざ》を撫で、腿《もも》を撫でる。あのかたちのいいくちびるで、榎木の耳たぶにキスをする。

そんなのは嫌だ、という感情を、持て余して響は呻く。そこは俺の場所だ。榎木のいる場所は、今までは俺の場所だったのに。

すると想像のなかの直純は、ゆっくりとこちらを向いた。

——大丈夫。

直純がささやく。

そうっと響に顔を寄せて、くちびるが耳朶《じだ》に触れるほどの、親しい距離で。

——大丈夫、響。どこにも行かないよ。

——だめだ。

榎木にするように、自分もしてほしいと思っているのか。

泣きたくなって、身じろいだ。その瞬間、本当に暗いところへと突き落とされる。

体の中心が、萌《きざ》していた。

こんな浅ましい妄想で、だ。

信じたくない。こんなのは違う。響はそろそろとベルトをゆるめ、ズボンの前をくつろげた。震える指で、自分の中心へと触れる。

——嘘だ……。

手に触れる実感が、自分の気持ちを裏切った。そこは確実に欲望を溜めこんで、立ち上がりはじめている。

だめだ、こんなの、と思いながらも、抗《あらが》えなかった。実りはじめた幹《みき》の部分に、指を絡める。

――直純。

妄想の自分は泣いていた。

――こんなのだめだ、怖い、直純。

その涙を引き継ぐように、現実の世界で泣いているのは、響のふくれた性器だった。

ゆっくりと絡めた指を上下させると、響が流した蜜の涙が、くぐもった水音を立てる。

――大丈夫だよ、響。怖くない。

うわん、とハウリングするように、直純の声が頭のなかで跳ね返る。いつのまにか、響の指は直純の手になって、すっかり昂《たかぶ》ったものを握りこんでいた。

――ねえ、響。教えて、どこがいい？

劣情は、直純の顔をしていた。

やさしく響に向かって目を細め、直純らしい口調でうそぶく。だめだ、こんなことをしては、直純まで穢《けが》してしまう。こんなのは都合のいい妄想だ。さっきから体が震えているのは、恐怖と快楽、どっちのせいなのかもうわからない。

――ねえ、響。気持ちいい？　どうされるのが好き？

いやだ、こんなことしたくない、助けてくれ直純、と響は心で叫ぶのに、もどかしく高まる愉悦《ゆえつ》が、手を止めることを許さない。

小さく声が漏れてしまって、その女々《めめ》しさにぎょっとした。

——可愛い。声、もっと聞かせて。

直純の手が、響の欲を包みこむ。

あやすように揺すり、擦《こす》りたて、響をもっと高いところへ、響の知らない高いところへ、連れて行こうと弄《もてあそ》ぶ。

——ああ、だめだ。

押し流される寸前、直純の声を聞いた気がした。響、と自分を呼ばわる声だ。

——響。

直純の声だ、と思うと、体にじんと淡い痺れが走る。

その瞬間、思い知る。

響は直純に、こうして触られたいと思っている。こんなふうに、キスをされて、抱かれたいと願っている。

友情なんかじゃない。これは恋だ。

愛欲を伴う、恋愛感情だ。

「……う……ぁ、……直純……っ」

堪《こら》えきれずに、吐精《とせい》した。

「……っ、あ……」

吐き出す飛沫《しぶき》は、手のひらで受け止める。欲望のにおいが、ねっとりと自分にまとわりついた。後悔というにはあまりに甘美な恍惚《こうこつ》が、響を包む。

ぼんやりと霞む意識の端に、かすかな音が入りこむ。こんこんとドアがノックされる音だ。

「……響？」

息を呑んだ。妄想と現実の境目が、ぱんと音を立てるみたいに切り分けられる。

「……直純……」

どっと冷や汗が吹き出した。激しく打つ鼓動《こどう》の音で、なにも聞こえなくなりそうだ。

聞こえたのは、現実の声だった。ドアの外で、直純が自分を呼んでいる。墜落《ついらく》したような衝撃が、体を襲って動けなくなる。

「ごめん、インターホン鳴らしたんだけど、返事ないから心配になって……鍵開いてたから、勝手に上がっちゃった」

今のを、聞かれた？　まさか。

言うべき言葉を思いつかずに、響は冷や汗を浮かべたまま固まっていた。

「津田から連絡もらってさ。体調悪そうだって聞いて……苦しそうだけど、大丈夫？　入っていい？」

ドアノブが、かちゃりと音を立てる。

汚い欲望の残り香を、暴《あば》かれたくはなかった。ほかでもない、直純に。

響はとっさに声を上げていた。

「――入るな！」

思ってもみなかった大声になって、自分の声に身がすくむ。ドアの向こうの直純も、たじろぐように動きを止めた。

「……ごめん」

「……違う……」

発した声は、みっともなく掠《かす》れていた。恐怖と、浅ましい愉悦のせいだ。

冷静になれ、と響は震える体を叱った。

直純は、自分を心配して様子を見に来てくれたのだ。

脳内を覗かれたのでない限り、直純の妄想で抜いていたなんてばれようがない。だから大丈夫、気取られるほうがよっぽどまずい、と、響は声をとりつくろう。

「――そうなんだよ、津田と出かけてたら、なんか調子悪くなって……帰ってちょっと、うとうとしてた。悪い、インターホン、気づかなくて」

「ううん、いいよ。そうだったんだ」

ひとまず、響が出て行かないことを、怪しまれはしなかったようだ。ほっと胸を撫で下ろす。

「でも……響、今、俺のこと呼んだ？」

響は、後悔に歯噛みした。

一度だけ、出来心で呼んでしまった。そんなことを、していいはずがないのに。

響の放ったみだらな欲は、まだ指先を汚している。こんなもので、直純を穢していいはずがない。

「……別に、呼んでない」

「でも、響の声、聞こえた気がした」

訝《いぶか》る声が、ドアの向こうから聞こえた。

呼んだよ、と白状したい気持ちに駆られる。

呼んだよ、直純。間違いなくおまえを呼んだ。俺が好きなのは、やっぱりおまえだったんだ。

懺悔《ざんげ》するような気持ちで思う。

ごめん、こんなふうに想ってて。今まで隣にいたいと思ってたのだって、もしかすると、おまえのこと好きだって気持ちに気づいてなかっただけかもしれない。こんなに近い距離にいて、おまえのこと、ずっと騙してたのかもしれない。

そうぶちまけてしまったら、自分たちはどうなってしまうのだろう。ドアを隔《へだ》てた幼馴染みの顔は、響には見えなかった。

「……なんでも、ない……大丈夫だから」

結局、声になったのはそれだけだった。明らかに自分の声は大丈夫ではなく、説得力がまるでない。

「ほんとに？」

「……もう、寝かせてくれ」

「うん……そっか」

納得のいかない声で、直純はつづけた。

「じゃあ俺、帰るけど、今日はずっと家にいるから。具合悪くなったら、電話でもメールでもいいから連絡してね。すぐ来るよ」

真摯《しんし》な声は、本当にすぐに飛んで来てくれるのだろうと、響の胸をあたためた。

こんな自分を、直純は心配してくれている。うれしい、という気持ちを超えて、居たたまれないやましさが募《つの》る。

「わかった。……ごめん」

心配させてごめん。

心配させているのに、無下《むげ》にしてごめん。

——おまえのこと、好きで、ごめん。

響はくちびるを噛みしめた。

ドアの向こうの直純は、お大事に、と言って帰って行った。

階段を降りていく足音に、体じゅうの緊張がゆるむ。同時に涙腺《るいせん》までゆるんでしまって、響は枕に顔を押しつけて泣いた。

気づいたことに、意味はあったのだろうかと考える。

直純を好きだとわかったからといって、どうなるというのだろう。

自分たちは、男同士で、幼馴染みだ。

告白もできなければ、つき合えるはずもない。手をつなぐことも、恋人のように触れ合うことも、ましてや抱き合うことなんて、友達である限り決してない。打ち明けることすらできない、日の目をみない片思いだ。

今まで誰よりも近いと思っていた友達は、誰よりも遠い男になった。

響にとってはじめての恋は、気づいた瞬間潰《つい》えてしまった。

恋をして泣くなんて、テレビドラマのなかだけの話だと思っていた。三流ドラマにしてもお粗末なほど、あっけない恋の終わりだった。

そのあと響は、本当に高熱を出して寝こんだ。

熱はその夜のうちにどんどん上がった。熱に冒《おか》された体はだるく、しまいには、この熱が直純への気持ちも滅菌《めっきん》してくれないかと思ったが、恋の病は、熱が引いても治らなかった。

ようやく起き上がり、出歩けるようになったのは、翌週も半ばのことだ。

ひさしぶりに歩く街はクリスマス一色に染まっていて、繁華街のあちこちからクリスマスソングが聞こえている。

響はなるべく、直純と過ごす時間を減らそうとした。

寝こんでいるあいだは、会わなくて済むのでちょうどよかった。

登校できるようになってからは、津田やほかの友達に「冬休みまでに彼女がほしい」と嘘をつき、女の子を紹介してもらうことにする。

クリスマスは、遊び回るにも彼女をつくりたいと言い出すにも、ちょうどいい口実だった。

響が好きだと自覚したのは、幸か不幸か直純に対してだけだ。

自分はいわゆる、ゲイなのだろうか。

女の子を好きになったことはないから、自分でもわからずにいる。

まだ好きになれる女の子に出会えていないだけだ、幼馴染みの男が好きだなんて、気の迷いだと自分で自分に言い聞かせ、津田や友達が紹介してくれる女の子たちとなるべく会った。

でも、駄目だった。

可愛い子もいたし、やさしい子もいた。積極的に、響に好意を示してくれる子もいた。

けれど響はどの子からも、直純に感じるようなものを見出せなかった。

直純といると、わけもなく安心した。触れられたなら、ふわりと体があたたかくなったし、直純が笑うのを見れば、どうしてか自分までうれしくなった。

気づいていなかっただけで、恋をしていたんだなあと思う。

けれど気づいたところで、不毛なことには変わりない。

直純は好きな子がいると言っていた。それが同性のことだとは考えにくい。直純には好きな女の子がいる、ごく普通の男だ。

それに対して自分は、直純に抱かれる妄想で抜けるくらいには、直純のことを性の対象として見ている。

友達だと思っていた男に、性的な目で見られていると知られたら――直純以外の男にそうされたらと考えると、響にだって、直純に自分がどう思われることになるのか、簡単に想像できた。

好きだ、という想いだけが、響のなかでふくらんでいく。

登下校のとき、自転車に二人乗りをしていても、気安くしがみつけなくなった。並んで歩いていて肩が触れれば、赤くなる顔を隠せなくなった。

直純に嫌われたくない。気持ちが悪いと思われたくない。

そう思えば思うほど、今までどおり、友達の距離を保つことも難しくなった。

決定的に嫌われてしまうくらいなら、少なくとも自分の気持ちを隠せるようになるまでは、距離を置いていたかった。

そうしているうちに日々は過ぎ、ついに終業式、クリスマス・イブになった。

「彼女がほしい」という台詞はもう使えない。

教室で、「彼女つくるの諦めるわ」と津田にぼやくと、「やっぱり直純じゃないとダメか」とからかわれた。ばれないとは思いながらもひやりとして、津田に怪訝な顔をされた。

終業式のあともうまく直純を避け、響は自分の部屋へと帰った。

ひとりでいることにも、なかなかすぐには慣れなかった。直純といない時間は、やたらと長い。

読み古した漫画をめくっているうちに日は暮れて、空きっ腹がぐうと鳴る。

毎日のように寄っていた直純の両親の店にも、体調が悪い、友達との予定があると理由をつけて、行かなくなってから二週間ほどが経っていた。

あれだけよく顔を見せていたのだ、直純の両親も心配しているだろう。

でも、と響は考え直す。

響の恋心は、それこそ直純の両親にとっても受け入れがたいものに違いない。

なんといっても、大事なひとり息子のことを好きな男だ。それを思うと、直純と顔を合わせるのと同じくらいに、直純の両親にも後ろめたさを感じてしまう。

家族ぐるみのつき合いが、こういうかたちで裏目に出るとは思わなかった。

腹が減ってひもじいのと、直純の両親に会えなくて寂しいのと、そしてなにより、直純に会えないことが予想以上にこたえていて、ため息をつくと軋《きし》むように胸が痛んだ。

ぐずぐずと気分が沈みかけていたところに、玄関先のインターホンが鳴った。

宅急便かと思って階段を走り降り、よく確かめもせずにモニターのスイッチを押す。

「はい」

画像を見るより先に、応じてしまったのは早まった。響はモニターに映る男を見て、迂闊《うかつ》な自分に舌打ちする。

『よかった。響、いた』

モニターに映っているのは、相も変わらずふわふわとまとまらない、やわらかな茶色の癖っ毛だ。帰宅したばかりなのだろう、制服の上に、通学に使っているダッフルコートを着たままだった。

学校が終わったのは昼過ぎだ。こんなに暗くなるまで誰と、どこへ、と訊いてしまいたくなるのを堪え、響はかさついたくちびるを噛む。

とにもかくにも、インターホンに応えた以上、居留守を使えなくなってしまった。

「──なんか用かよ」

憮然《ぶぜん》として問うと、直純は『なんか用かよ、じゃないよ』と憤慨《ふんがい》した。

『最近いつも先に帰っちゃうの、どうしたの』

と拗《す》ねたように、くちびるを尖らせる。可愛い、と思ってしまう自分を、馬鹿かと思った。同級生で、自分よりも体格のいい男を捕まえて、そんなふうに思うのはやっぱりおかしい。

「……悪い。まだ本調子じゃなくて」

『大丈夫？　しつこい風邪、流行《はや》ってるから』

こちらの嘘に、直純は心配そうに眉根を寄せた。

顔を見ると、こんなにも会いたかった自分を自覚する。けれど同時に、半月前、直純を想って吐き出した体液のにおいを思い出し、後ろ暗さに苛《さいな》まれる。

今まではどうやって、なにも考えず、あの体に触れていたのだろう。

会いたくない。触れられる距離に、入ってきてほしくない。そうでもしないと、触れたい、という気持ちを、明白に自覚してしまいそうだ。

「……おまえにうつすわけにもいかねえし、用ないなら帰れよ」

ようやく、絞りだすように言う。

『って言ってくれると思ったんだけど、ちょっとだけ。響、今日なんの日か知ってる？』

直純は、手にしていた白い箱を顔の横まで持ち上げた。大きさといいかたちといい、クリスマスケーキの箱だ。

「……おまえこそ、わかってんの？　こんなとこ来てる場合じゃねえだろ」

なんといっても、クリスマス・イブなのだ。うまくいっている女の子がいるなら、一緒にいたいものではないのか。

なのに直純は、はぐらかすつもりか、あさってのことを訊いてくる。

『店の手伝いってこと？　だったら大丈夫、いくらちょっと料理できるようになったからって、俺なんてまだ使い物にならないし。いても邪魔になるだけだよ、だから――』

直純は、もう一方の手に持っていた料理の包みも掲げてみせた。

クリスマスとその前の日の夜は、飲食店のかき入れどきだ。

直純の両親の店は広くないので、人手があればあるほどいいというわけではないし、高校生は夜まで働けない。だから毎年、幼いころからの習慣どおり、クリスマス・イブは賄いのメニューを包んでもらって、子どもたちふたりで食べる。

『無理じゃなければ、栄養つけて、早く元気になってもらおうと思って』

モニターに映る直純は、やさしく目をたわませた。直純の吐く息が白くなり、外の寒さと、直純の体のなかのあたたかさを響に伝える。

胸のあたりが、詰まるように苦しくなった。

向けられる好意がつらいこともあるのだと、はじめて知った。

響は直純のことが好きだ。直純もきっと、響が好きだ。

けれどベクトルの違う好意は、こうして向き合っているにもかかわらず、決して交わることはない。

黙った響を訝って、玄関先の直純が眉をひそめた。

『……響？　やっぱりまだ、具合悪い？』

「……大丈夫」

直純はこうして、自分のことを友達として大切にしてくれる。響もそれに、応えたかった。

自分の気持ちが、叶わないことなんてわかっている。ならばせめて、好きな男が、好きでいてくれる自分でありたい。

インターホンの前に立ったまま、響はぐっと拳《こぶし》を握った。

「……さっさと入れよ。寒いだろ」

『――うん』

直純の顔が、喜色《きしょく》に満ちる。

直純が、笑うとうれしい。でもその笑顔が、自分だけに向けられるものではないのだと思うと、もやもやと黒い感情が湧く。そんな自分が、嫌になる。

自己嫌悪にまみれながら、響はインターホンの通話を切り、玄関の鍵を開けた。

直純が持ってきた料理は、毎年恒例のものだった。

ローストチキンに、胡桃《くるみ》とりんごが入ったサラダ、まだあたたかいバゲットに、チーズのたっぷりかかったグラタン。そしてもちろん、ビーフシチューは小ぶりの鍋ごとだ。

全部のメニューを響の部屋のローテーブルに広げると、まるでパーティーのような華やかさになった。

とはいえ、男子高校生ふたりの夕食には到底足りず、すぐにケーキも出番となる。

「今年はね、ケーキ、自分でつくってみたんだ。響、いちごのショートケーキ好きでしょ？　けっこう練習したんだよ」

箱からケーキを出しながら、直純は声を弾ませた。

「おー、すげえじゃん」

練習したというだけあって、ケーキはショーケースに並んでいても遜色《そんしょく》ないほど綺麗《きれい》に仕上げられていた。純白の生クリームが塗られたホールケーキに、真っ赤ないちごがよく映《は》える。

スタンダードないちごのケーキは、響の大好物だ。それを直純が知っているという事実が、うれしいけれど、また苦しい。

「料理、どんどんうまくなるな」

「味も大丈夫だといいんだけど」

ケーキを器用に切り分けて皿にのせた直純が、はい、と響のほうにひと切れ寄越した。

きめの整ったスポンジに、フォークを入れて口に運ぶ。なめらかなクリームからは、ふんわりと洋酒が香った。

「すげえなぁ、普通にうまい」

「ほんと？　よかった。店でデザートも出してるし、いつかはちゃんとできるようにならなきゃって思ってるんだけど」

「まだ始めたばっかりだろ？　それにしちゃうまいって。それに……なんだろ、いいにおいする。オレンジみたいな……」

「コアントローかな。生クリームにちょっとだけ入れたんだ。響、鼻いいんだね」

ソムリエの才能あるよ、とほほえむ直純を見て、響の胸はつきんと痛んだ。

いつか、一緒に店を出そうと約束した。

それが叶えば、響と直純はずっと一緒にいることになる。こんな痛みを抱えたままで、一緒にいることなんてできるのだろうか。正直に言って、自信がない。

フォークを咥えたまま考えこんでしまった響を見て、直純が小さく噴き出した。

どうして笑われているのかわからない。きょとんとしていると、直純は指先で、自分の口もとをとんとんとつつく。

「響、ついてる。ここ」

なにが、と口を開く前に、テーブル越しに直純の腕が伸びてきた。指先が触れる瞬間、反射的に目を閉じる。

頬に、直純の指先が触れた。

口のそばを、指の腹がつうっと撫でて離れていく。おそるおそる目を開けると、直純が自分の指を、ぱくんと口に含んだところだった。

「クリーム、ついてたよ。ほっぺに」

「え」

ということは、直純は今、響の頬から拭ったクリームを口に入れたのか。

かあっと頬に熱が上る。まるで恋人のような振る舞いだ。なにを思ってそんなことを、と言いたくなるが、あんまりのことに声も出ない。

「嘘だよ」

からかうように指先を吐き出す直純に、眉根が寄った。

赤面してしまった自分が恥ずかしくて、余計に頭に血が上る。自分が直純のことを、必要以上に意識しているのだと、はからずも実感してしまった。

「どういうつもりだよ」

「響こそ、どういうつもり？」

予想だにしなかった真剣な声に、響は怯《ひる》む。

直純の目は、笑ってはいなかった。そういえば直純は、なんの理由もなく、こういう冗談を言えるような男ではない。まっすぐに見つめられ、思わず目を背《そむ》けてしまう。

「響、最近、俺のこと避けてるでしょ」

「……それは」

やはり、いくら鈍くてもさすがに気づく。

直純は幼馴染みだ。

こうして料理を包んで持ってきてくれるほどには仲のいい、家族ぐるみのつき合いだ。

これからもこの関係をつづけていくならば、いつまでも避けてはいられない。それなのに、ほかにうまいやりかたも思いつかなくて、ずるずると今日まで来てしまった。

「やっぱり、避けてたんだ」

ごめん、と謝るのも違う気がした。答えられない響を見て、直純が息をつく。

「ねえ、響。俺がなにか、気にさわることした？」

「……いや」

「じゃあどうして、俺のこと避けるの」

「……」

なにを言うわけにも、いかなかった。

直純が好きだ。でも叶わないことはわかっている。

直純には言えない。知られたくない。直純は自分を友達だと思ってくれているのに、こんなのは直純に対する裏切りだ。

友達だ。

直純と自分は、友達でいなければいけないのだ。

響は知らず、くちびるを噛んでいた。駄目だ、と思い直して、口を開く。〝友達〟が、こんな顔をしていていいはずがなかった。

「……俺がさ、あんまりおまえにべったり張りついてると、モテるもんもモテねえかなと思って」

「響……？」

「最近おまえ、かっこいーもん。俺のまわりの女子、けっこうおまえのことといいって言ってる子、いるよ？」

自嘲《じちょう》が口の端に引っかかり、歪んだ笑みのかたちになった。

やったじゃん、と茶化すと、直純は、はにかんだような、困ったような顔をこちらに向ける。

「でも……好きな子に好きになってもらえなきゃ、意味ないから。もっとがんばらないと」

直純は、目を細めるようにして響を見た。

好きな子、という言葉に、針の先で胸を刺されるみたいな痛みを覚える。服の裾を握って、響は耐えた。

「でも、そう言ってもらえるようになったなら、響のおかげだよ」

「俺の？」

「うん。堂々としてればかっこいいって、しゃんとしてろって言ってくれたから」

ありがとね、と礼を言われて、複雑な気分になる。

直純の恋が叶えば、今度こそ、決定的に響は失恋する。

相手は同じ学校だと言うし、直純とその子がつき合うことになったなら、響もふたりが並んでいるところを見るだろう。そうなったときに、響は直純の隣にいる自信がない。

「……うまくいくといいな」

やりきれなくて、目をそらした。すると直純は、響の視線を追うように、こちらの顔を覗きこもうとする。

「でも、うまくいってても、俺——響と、友達づき合いやめようなんて思ってないから」

直純が唐突に距離を詰めてきて、響はとっさに体を引いた。

あまりにも不自然な反応に、しまった、と思う。無防備になっていた響の手を、直純の手のひらが捕まえた。そのままぎゅっと握られる。

「俺、響に避けられてるかもって思って、すごくつらかった。なにか気にさわることしたのかな、それとも……俺が隠しごとしてたから、怒ったのかなって」

響のせいで、悩ませてしまったのだろう。違うんだ、と言いたくなる。直純はなにもしていない。咎められるべきは、むしろ自分だ。

「なんで、俺が怒ってるって思ったんだよ」

自分の声は、投げやりな調子に聞こえた。それを受けた直純が、痛みを堪えるような顔をする。

「だって——好きな人がいるって、響に今まで言ってなかった。なんでも話せる仲のはずなのに、友達のふりしてただけなんだって思われたのかなって……」

それで責めを受けるなら、謝らなくてはならないのは響のほうだった。

響だって、いつから直純のことを恋愛対象として好きだったのか、わからないくらい一緒にいた。ずっと友達のふりをして、直純の隣にいたのは響だ。

「別に、いいよ。そんなこと……」

うつむくと、語尾は弱々しくかき消えた。

「ここんとこ早く帰ってたのは、体調悪かったってだけだし」

「ほんとに？」

「ほんとだよ」

やるせなさに詰まる声を押し殺し、無理に笑った。

「そっか……響、俺のこと嫌ってたわけじゃないんだ」

「なんで俺が、おまえを嫌わなきゃなんねえんだよ」

――やめてくれ。

安心したような顔を、されたくなかった。直純が、綺麗に笑えば笑うほど、自分のなかにある欲望が、薄汚いことを思い知る。

「じゃあ、響、お願い」

甘えるような上目遣いで、直純は言った。

「もう、俺のそばから離れようなんて思わないで。俺は響と一緒にいたい。ずっと、友達でいてよ。一緒に店出そうって、約束したでしょ？　今回みたいなの、俺、やだよ」

まっすぐにそんなことを言われてしまい、泣きたくなる。

きみのことは友達としか思えない、と、いつかドラマで見た台詞が頭をよぎる。あれは振り文句だった。自分は今、好きな男に、「友達でいてくれ」と言われたのだ。

この期《ご》に及んで、響は自分が、もしかして、という期待を捨てきれていなかったことを理解した。

心のどこかで、響は奇跡を信じていた。

直純に、好きだと告げる。直純が、俺もだよとやさしくほほえみ返す。友情のつづきに初恋があり、初恋のつづきには未来がある。これからは、想い合う恋人として、変わらずそばにいられる未来。

けれど、奇跡は起こらない。

響はとうとう、観念した。

「……避けたりして悪かった。頼まれなくても、俺たち、ずっと友達だろ」

自分自身への宣誓だった。

この恋は、叶わない。

ならば、言ってしまって気まずくなるより、隠したほうが断然いい。口にしてしまえば、もう永遠に、もとの友達には戻れない。

男同士で、幼馴染み——言うならこれは、博打《ばくち》のような恋なのだ。その成就《じょうじゅ》に賭《か》けるより、たとえ響が望むかたちでなくとも、ずっと、そばにいられる関係でいたい。

今までどおりに戻るだけだ。恋心に、気づく前に戻るだけ。

直純の言うとおり、ずっと友達でいればいい。

そうすれば少なくとも、嫌われることも、気持ちが悪いと言われることも、一緒にいられなくなることもない。それでいい。いいはずだ。

「よかった」

直純は、おだやかな笑顔を浮かべた。

「わかったら、手、どけろ。いつまでこうしてんだよ」

響はできるだけ平静を装い、握られたままの手を挙げた。直純はきょとんとした顔で手もとを見下ろし、あ、ごめん、と拘束を解いた。

体温が、離れていく。

直純の体があたたかいことを、響の皮膚《ひふ》は知ってしまった。こんなに近くに、そばにいるのに、響からはもう触れられない。

響は、自分のなかにある欲を、認めざるを得なかった。

——直純に触れたい。触れられたい。

けれどそんなの、許されない感情だ。

縋るように彼に向かって伸ばしてしまった指先は、直純が背を向けたので、彼には見られずに済んだ。直純は、「忘れるとこだった」と、鞄のなかを探っている。

「これ、響に似合うかと思って」

クリスマスのプレゼント、と目の前に包みを差し出された。

「俺に？」

あわてて引っこめた手をもう一度差し出して、包みを受け取りながら訊く。

「なに？」

「マフラーなんだ。響、寒そうにしてたから」

もし響が怒ってるんなら、貢ぎ物にして許してもらおうと思ってた、と直純は笑う。悪びれずに言う声には、含むところのなにもない、響への友愛と信頼があふれていた。

その信頼を裏切っているのだと思うと、消えたいような気分になる。

罪悪感に黒く塗りつぶされそうになりながら、響は「やった、ラッキー」とうれしそうな顔を必死でつくった。

「開けていい？」

「もちろん。どうぞ」

茶色いクラフトの包装紙は、駅前にあるセレクトショップのものだった。ワインレッドの麻紐《あさひも》をリボンがわりに、センスよくラッピングされている。

いつかの放課後の光景が、まなうらに浮かぶ。

ショウウインドウ越しに見た、直純と、女の子らしい榎木の後ろ姿。鏡を覗きこみながら、似合うの似合わないのと話し合っているようだった。てっきり直純のマフラーを選んでいるのかと思ったが、あれはもしかすると、これを選んでいたのだろうか。

包みを開くと、想像は現実になった。

薄茶の包み紙から出てきたのは、グレーの地に、黒と赤、白の格子模様が入った、タータンチェックのマフラーだった。直純と榎木のデートを目撃してしまったあの日、ふたりが選んでいたものだ。

「……へえ」

声が、少し上擦ってしまった。しっかりしろ、友達でいるんだろう、と、自分の体に活を入れる。

「いいじゃん。おまえの趣味？」

わかっている答えを、あえてぶつけた。

直純は、響の問いを疑問に思うこともなく、「ううん」と首を横に振る。

「俺、どういうのがいいか全然わかんなくて。買い物が趣味って子に選んでもらったんだ」

こんなふうに正直に言えるのは、響がその情報に、なにも傷つかないと思っているからだ。

そこまで自分には望みがない。まったくの圏外だ。

当たり前だ、と気づいて響は、笑ってしまった。当たり前だろう、自分は男だ。男の直純が好きになるのは、女の子に決まっている。

「そっか。どうりで、やたら趣味いいなと思った。選んでくれた子、おまえの彼女？」

「ううん、なんで？」

「じゃ、好きな子って別の子？」

「そう、だけど……」

「なんだよ、うまくいってんのかと思ったら、別の子とデートしてたのか。直純って、けっこう手広いタイプなんだな」

「ち、違うよ！」

直純は、焦ったように弁明を始めた。

「それ選んでくれた子が、セレクトショップでバイトしてるって言ってたから頼んだだけで……」

「俺に言い訳してどうすんだよ」

「だって……」

直純はしゅんと肩を落とした。

学校では堂々と振る舞えるようになっていたのに、響とふたりきりになると、素《す》の直純が戻ってくるのが可愛かった。

自分にだけは、まだこういうところを見せてくれるのだ。そんな特別感に酔いしれてしまいそうで、そんなことでは駄目だと心を正す。

「ほらまた、泣きそうになってんじゃねえって。しゃんとしろって言ってんだろ？　せっかく学校では評判上がってんだからさ、チャンスじゃん。相手の子、三年だろ？」

「そうだけど――」

「あのなあ、今までなにやってたんだよ。三年なら、冬休み明けから自由登校じゃねえかよ。毎日学校で会えるってわけじゃなくなるんだぞ？　いい加減、腹くくって告白しろよ」

「でも」

「なんだよ、はっきりしねえな」

気弱だけれど、マイペースで、頑固《がんこ》なところがある直純だ。煮え切らないのはめずらしい。

なにか問題でもあるのだろうか、と考えはじめた矢先に、ピンときた。

「もしかして……好きな子に、彼氏いるとか？」

「えっ？」

直純は、困惑の表情を浮かべて首をひねる。

「彼氏――は、いないと思うけど」

「なんだよ、だったらなにも問題ないだろ。どんどんいっとけって、減るもんじゃなし」

「そういうわけにもいかないよ」

「なんで」

「なんでって、相手の気持ちがわかんないのに、迷惑かけたくないし……」

「……おまえなあ」

直純は大きな体を小さくして、もじもじと顔を赤くしていた。

ある意味、直純らしかった。好きだという相手を思いやることができる、やさしいやつだ。

いい加減、諦めなくてはいけない。

――ずっと、友達でいてよ。

直純は、そう言った。

彼の望みは、響と〝友達〟でいることだ。

直純は自分の幼馴染みだ。どこまで行っても、いつまで経っても、変わることはなく〝友達〟だ。

「……言っただろ、おまえはちょっと押し弱いところがあるからな。相手に彼氏がいようが、好きなやつがいようが、言ってみなきゃわかんないって」

喋りながら、自分のことは棚に上げ、よくこんなことが言えるなと思う。

「そういうもんかなあ」

「そうだよ。本気と誠意があれば、なんとかなるかもしんねーじゃん」

「でも……告白なんて、どうやったらいいかわかんないし」

「なに言ってんだよ、告白なんだから、正直な気持ち言うしかねーだろ。好きですって言う以外になにがあんの？　それともそれ以外に、アレンジ効いた告白できるわけ？」

「いや……うん、そうだよね」

「そうだよ。ほら、わかったらやってみろって」

「えっ、今？」

「そう。なにごとも練習だろ」

直純のつくった綺麗なホールケーキをちらりと見やる。

なめらかな生クリーム、艶やかなゼリーをまとって並ぶ、深紅のいちご。

今日だけではない、いつも定休日の練習でつくってくれるオムライスも、看板商品のビーフシチューも、直純はなんでもこつこつ練習してきた。

直純が、料理を心から好きだからだ。

好きだから、失敗してもめげず、何度でもていねいに向き合う。だから、確実にうまくなる。響はそれを、直純の、いちばんそばで見守ってきたから知っている。

そんな直純の恋が、うまくいかないはずがない。

どうして、好きになる人は選べないのだろう、と響は思う。

世の中にはこんなにたくさんの人がいるのに、どうして直純でなくてはいけないのだろう。自問しても、答えは出ない。

好きな男に、幸せになってほしい。

でもその一方で、想いが叶わなければいいのに、叶わなければ、ずっと自分のそばにいてくれるかもしれないのにと、ひどいことを考える。

そんなことを思っちゃ駄目だ、直純は自分の〝友達〟だ。

響は、嫌な思考のループを振り切るように、うつむいて小さくかぶりを振った。

そのときだ。

「……響」

顔を上げると、正面の床に腰を下ろしていたはずの直純が、いつのまにか響の前に膝をついていた。

「――好きだ」

「……っ……！」

間近で聞く直純の声は、心持ち緊張しているのだろうか、少しだけ掠れていた。それが妙に艶っぽく聞こえて、かち合った視線を外せない。

響は、自分の言ったことを後悔した。

こんなことが、自分の身に起こるなんてありえない。

直純は、響が言ったことをそのまま実行しているだけだ。

じっと見つめて、好きだと言って――響ではない誰かをその心に思い浮かべて、想いを告げる練習をしているだけだ。

「……なかなか、いいんじゃねえの」

つとめて明るい声を出した。

出すように、努力した。そうしなければ、声が震えてしまう。

「ちょっとどきっとしちゃったよ。すげーな、おまえ。このあと、キスでもできれば完璧だろ。相手の子も絶対――……」

表情が歪むのを、止められなかった。顔を隠そうとして、身をよじる。

と、直純に二の腕をつかまれ、正面を向かされた。

強い力に体がすくむ。

本能的な恐怖に目を閉じると、あごに手をかけられて、ぐいと上を向かされた。なにを、と目を開けたところ、眼前に直純の顔が迫っている。

「……！」

声を上げる暇もなかった。

くちびるに、あたたかく湿ったものが触れている。

遠慮がちに押し当てられているだけだったそれは、一度わずかに離れ、今度は明確な意思を持って吸いついてくる。

ようやく、なにをされているのかが解った。

キスをされている。

直純に——そう思うと、体の芯がかあっと燃えた。

「……ん、っ……！」

逃れようと体をひねると、響よりもずっとたくましい腕に捕らえられた。

「——好きだよ」

ささやく声が、耳朶を打つ。

左腕に腰を抱かれて、右手で頬を包まれる。

直純の琥珀《こはく》の瞳が、響の姿を映している。耳たぶをさわりと撫でられると、たがいの息が触れ合う距離で、動けなくなった。

「ずっと、好きだった」

……ああ、と響は、理解した。

自分が好きなのは、同性である男で、よりによって幼馴染みだ。自分のことを、〝友達〟として信頼してくれる、これ以上ない、いい男だ。

いい男だから、男の自分も惚れてしまった。けれどさすがに、直純に彼女ができれば、諦められるかと思っていた。

――それなのに。

体に回る直純の腕が、ぞっとするほどあたたかかった。涙が出そうに、うれしかった。許されない感情だ。幼馴染みの男に、こんな気持ちを抱くなんて。

この調子では、到底無理だ。

直純に彼女ができても、きっと響は、直純のことが変わらず好きだ。そんな状態で、直純と彼女を祝福するなんて、ましてやずっと、彼らの隣にいるなんて、響にはとてもできない。

直純の瞳に映る自分の顔が、泣き笑いの表情を浮かべた。

こんなことをしていては駄目だ、と理性は脳に訴えるのに、もうこんな光景を見ることもないと思うと、心がそれを拒絶した。

直純が手に入らないことくらい、わかっている。

正直に気持ちを伝えたところで、直純を困らせるだけだ。

だから――甘い体温の拘束に、泣き出しそうな気持ちで思う。

だから、この恋の最後の思い出に、この瞬間、このぬくもりだけは、味わっても許されるだろうか。

「……響」

直純は、律儀《りちぎ》に響の名前を呼んだ。

ただの練習で、そんなことをしなくてもいいのに、直純は真面目な男だ。きっと女の子に対しても、ちゃんと名前を呼んでやるに違いない。

友達同士では絶対に聞くことはないだろう、直純の低く、甘い声。触れ合う肌の、切ない熱、あたたかなにおい。全部、誰かのものになってしまうのだ。他人のものになってしまう。今まで俺の、隣にいたのに。——俺だけのものだったのに。

ぎゅっと目を閉じてしまうと、肌に触れる感覚だけがすべてになった。

もうなにも、見たくなかった。なにもかも、忘れたい。

くちびるに、またやわらかなものが触れる。

こちらからも応えるように押しつけると、体に回されていた腕に力がこもった。

もう理性は働かない。好きだ。俺は、直純が好きだ。

くちびるの端から、自分のものとは思えないような甘い吐息が漏れる。

直純は、押しつけるだけだったくちびるを開き、とろけるような内側で響に触れた。誘うようについばまれ、くちびるのすきまから舌を差し入れられる。

はじめてのキスは、レモンの味がするというのは嘘だった。

キスはくちびるの味がした。混じり合う唾液の、甘い水のような味がした。これをほかの誰かが味わうのだと思うと、胸の奥が焼けつくように痛くて、痛くて、思わず触れる体に縋った。

その瞬間だ。

「……響……っ」

切羽《せっぱ》詰まったような声に、響は驚いて目を開けた。

「おい……っ！」

のしかかってきた直純の体格に負け、背中から床に倒れこむ。フローリングに肘をぶつけて、衝撃に目が醒《さ》めた。なにをしているんだ、とはっとする。

「なっ……おまえ……」

やりすぎだ、と言おうとして見上げると、直純は響の目をじっと見ていた。熱っぽいその視線が、響の体の自由を奪う。いつもおだやかな直純と、なにかが違う。

「……おい、直純、なに……ッ……」

直純は響の肩を床に押しつけ、本格的にのしかかってきた。

脚のあいだに膝をつかれた状態で押さえつけられ、身動きがとれない。

叫ぼうとするくちびるをキスでふさがれ、呼吸までも奪われる。もどかしげにシャツのボタンにかかる指を感じて、響は背筋を震わせた。

それ以上は駄目だ。

「――やめろっ……！」

渾身《こんしん》の力で暴れると、響の右手が、直純の頬をかすったようだった。

直純は、響の上からぱっと退く。左頬を手のひらで覆っているので、そこに拳が当たったのだろう。知らないうちに、響の息は上がっていた。

「……バカ、直純……おまえ、なにやってんだよ……」

呼吸を荒らげたまま、途切れ途切れに響は言った。直純は、まだなにが起こったのかわからないといった様子で、ぽかんと目を見開いている。

「あ……」

意識が戻ってきたかのようにはっとした直純は、ふたたび響の前に膝をついた。

「——ごめん、違うんだ、こんなことしたかったわけじゃない、俺——……！」

直純は、目に見えてうろたえていた。それはそうだろう。誰と混同したのか知らないが、曲がりなりにも男を組み敷いてしまったのだ。

そうだよな、といっそ笑えた。自分と直純は、男同士だ。

「……出てけよ」

自分の体が震えているのが、他人事のように感じられる。

「……響、ごめん。俺、こんな——」

「出てけって言ってんだろ！」

直純の言葉を遮るように、全身で叫んだ。目縁《まぶち》で揺れていた水滴がぼろりと崩れ、床で弾ける。直純が、小さく息を呑む。

怒鳴るのなんて何年ぶりか、自分でも覚えていなかった。奇妙な虚脱感に襲われて、響は立てた膝に目を押し当てる。

「……怒鳴って、悪かった。……でも今、顔、見たくない。出てってくれ」

顔を見てしまえば、身も蓋《ふた》もなく、おまえが好きだ、誰のものにもならないでくれと、本気で縋ってしまいそうだった。

直純は、響の前でしばらく逡巡していた。こちらに一度、手を差し伸べる気配がしたが、響が体を引いたので、迷いながらも離れていく。

「……わかった。さっきのは――本当に、ごめん」

静かな声で、直純が言う。

「こんなことして、本当にごめん。……謝っても、許してもらえないかもしれないけど、俺は、響のこと――大切な、友達だと思ってるから。落ち着いたらまた、謝らせて」

直純の気配が立ち上がる。コートを取って部屋を横切ると、ドアを開け、ぱたん、と音を立てて閉めた。階段を、とんとんと降りていく音がする。

息を吸うと、喉が引きつれて大きく震えた。湿った熱い息と一緒に、眦《まなじり》から雫《しずく》が転がり落ちて、床にぱたぱたと染みをつくる。

もう駄目だ、と絶望に似た諦観《ていかん》を感じた。

好きだ。

直純のことが、こんなに好きだ。

響は手を伸ばし、直純からもらったマフラーを手に取った。表面をそうっと撫でる。あたたかな色味を選ぶところが直純らしくて、笑みと一緒に涙がこぼれた。

自分は男だし、直純だって、男は恋愛対象になり得ない。こんなことをするのは、勘違いや間違い以外のなにものでもない。直純の反応を見ればそれはあきらかだ。触れられるだけで、泣きたいくらいに喜んでしまう響とは違う。

直純が、男を好きになるわけがない。自分は誰かの、かわりでしかないのだ。あのくちびるを、ぬくもりを、響が味わえることは二度とない。

直純と自分は、友達なのだ。

寒そうにしてたから、と、自分のことを気にしてくれた。女の子といるときでも、自分のことを考えてくれていた。想いが通じることはなくても、ずっと友達だと言ってくれた。それ以上、なにを望むことがあるのだろう。

直純は自分を、友達として、こんなに大切に思ってくれている。それで十分だ。

こんな気持ちを抱えたまま、もう直純のそばにいられる気がしなかった。これ以上近くにいれば、隠しきれなくなってしまう。

直純に触れたい、触れられたならうれしいと、こんな浅ましい感情を、直純に知られてしまう。そうなれば、友達ですらいられなくなる。それだけは、耐えられない。

離れなくては。

響は固く、決意する。

直純のそばから、離れなくては。


もう十八の誕生日は過ぎていたから、バイト先には困らなかった。

クリスマスは一日泣き明かし、その翌日にはアルバイト情報誌を買ってきた。みっつのバイトを掛け持ちして、冬休みから、休み明けの一月、二月、響は忙しく働き通した。

夜に暇ができると、家にいれば隣の直純にばれてしまうので、友達の家を泊まり歩いた。ちょうど卒業前の時期だったから、受験の終わった友人たちは、響と過ごす夜を歓迎してくれた。

直純どころか、家族にさえめったに会わずに過ごせてしまった。

こんなものか、と響は少し、虚《むな》しくなった。人と人とは、つながろうとしなければ、会わなくなることもできるのだ。

その年の春は遅くて、二月の終わりにも雪がよく降った。

響たちの卒業の日も、寒い日だった。

強い寒気の影響で、冷えこむ日がつづいていた。厚手のコートに、直純にもらったマフラーを巻き、最後の通学路を響は歩いた。厚い雲はなんとか持ちこたえたものの、まだ咲かない桜のかわりに、今にも雪の花を降らせそうだった。

卒業式には出なかった。どうせ四百人の同級生と、ただ体育館で座っているだけだ。もしかしたら両親でさえ、響がいないことに気づかないかもしれない。

体育館から、合唱部が歌う卒業の曲が聞こえていた。

響はそれを聞きながら、校内を歩いて回った。

誰もいない校舎のなかは、まるで時間が止まったようだった。

机だけが並ぶ教室、メッセージの描かれた黒板、教室の後ろにあるロッカーは空っぽで、つめたい床のリノリウムは、廊下のずうっと先のほうまで、遠近法のお手本みたいにつづいていた。

教室の壁掛け時計が、かちんと音を立てて進む。

校庭が、人の気配にざわつきはじめた。どうやら式が終わったらしい。

各クラスに分かれて卒業証書が配られると、担任の短い訓示のあとで、卒業生は解散となった。

昇降口には、制服の人集り《ひとだか》がいくつもできていた。

名前を呼び合う声がする。

元気でね、がんばれよ、また遊びに来るねと言葉を交わし、卒業生と後輩と、教師たちも今日ばかりは顔を和ませ、この場の別れを惜しんでいる。

その制服の群れのなかに、ひときわ目立つ姿があった。

背が高く、ふわふわした癖っ毛は、今日は卒業式だからだろうか、きちんと撫でつけ整えている。こんなに同じ格好の人間ばかりがいるのに、響の目は的確に、彼だけを見つけてしまう。

直純は、数歩歩くたびにまわりに声をかけられながら、きょろきょろとあたりを見回していた。誰かを探しているようだ。

好きな子は、同じ学校だと言ったから、もしかするとうまくいったのだろうか。第二ボタンはまだ無事なようだし、彼女を探しているのかもしれない。

しゃんと背筋を伸ばすようになってから、図体ばかりでかいとからかっていた長身は、打って変わって頼もしく見えた。品のいい顔立ちには制服がよく似合い、今日限りで着なくなるのがもったいないほどだ。

響と同じで三年間帰宅部だったのに、委員会などで可愛がっていた後輩もいたのだろう。

直純に近寄っていく者のなかには、声をかけるなり泣き出してしまう女子も、男ながらに目を赤くしている生徒もいた。響の知らない同級生も、次々に直純の肩を叩いていく。

その全員に、直純はおだやかに言葉を返した。遠巻きに見ていても、直純が好かれているのだとよくわかる。

やっぱり、いい男だよなあと、響はまぶしいような気持ちで直純を見た。人の輪の中心にいる直純が、自分の幼馴染みだと思うと誇らしかった。

その直純は、まだ探し人が見つからないようだ。

あれだけたくさんの人に声をかけられながら、まだ会えていないのだろうか。

——やっぱり、彼女かな。

自分の初恋の、成れの果てだ。見届けてやりたいような気もしていた。

とはいえ、そうやって知ってしまうのも、それはそれで未練になるかもしれないと思う。

はじめての恋は、実らない。けれど春を経験することで、自分たちはひとつ、次の季節へと進むことができる。

知らないままで、行こうと思った。

直純の瞳が、誰かを見つけるその前に、響は昇降口をあとにした。

響たちが通っていた高校は、街の中心に位置する高台の、ほぼ頂上に建っていた。

まだ人もまばらな校門を出て、響は長い坂道の上に立つ。

三年間、直純と、毎日登ってきた坂だった。けれど、この頂点を越えた先になにがあるのか、響は知らない。

ゆるく下りに転じる坂道、その先に行けないことはなかったのに、行ってみようとはしなかった。

戻れなくなるのが怖かったのだろうか。生まれ育ったこの街で、帰れなくなることなどなかったろうに。直純に、行ってみようと言えばよかった。今はただ、この手からこぼれ落ちてしまったものばかりが、きらきらとひかって切ない。

泣くまいと目を見張り、響は眼下の街を見た。

生まれてずっと、響が暮らした街だった。

学校からつづく並木道を下りきったところには、顔見知りばかりがいる商店街がある。ひなびたアーケードの端のほうには、直純の両親の洋食屋も入っている。

商店街と、その先の繁華街を抜けて行くと、ロータリーを越えたところに、在来線の駅が見える。この春から直純は、そこから三駅離れたターミナル駅の近くにある専門学校に通うことになる。響の知らない友人たちと、あるいは、響の知らない、恋人と。

明日、この街を発《た》つことは決めていた。

もう帰ることもないと思うと、とくに好きでもなかった田舎の街が、急に寂しげにいとおしく、なんだか遠く、小さく見えた。

誰も、悲しませたくなかった。

だから誰にも話さずに、ここから逃げようと響は決めた。

響だって、すすんで傷つきたくはない。その傷に耐えられるほど、大人になれる気もしなかった。

昇降口から、いくつかのグループが移動してくるようだった。響の背後が、騒がしくなる。

響はまばたきもせず、風景を目に焼きつけた。

ぎゅっと一度、目を閉じて開けると、卒業証書をバトンみたいに握りしめ、坂道を駆け下りる。

頬に当たる風はつめたい。マフラーに、鼻先を埋めて走った。桜のつぼみはまだ硬く、それでも健《けな》気《げ》にふくらんでいる。
頭上には、薄鈍色の雲が広がっていた。
凜と春を待つ冬枯れの街、それが響の見た、最後の故郷の遠景だった。

Ⅱ

突然の再会以来、直純はすっかり真木の店の常連になった。

ホテルの厨房に勤める直純の終業時間は、響の勤務時間が終わるよりも少し早い。職場から帰宅する途中に新宿を通るという彼は、真木の店で頻繁《ひんぱん》に食事をしていくようになった。

「仕事上がりに、ちゃんとした食事ができるところってなかなかなくて」

と直純は、この店がどんな店か知らないわけではないだろうに、ひとりでふらりと訪れては、カウンターの定位置に座り、響の勧めるワインを飲んでいく。

直純が通ってくるようになった最初のころは、ストレートのはずの直純が、どういうつもりでこんな趣向の店へやってくるのか、その真意がわからなかった。

けれど、屈託《くったく》なく響と喋り、食事を楽しむ姿を見ていると、直純は本当に他意なく、自分と友達づき合いをつづけていくつもりなのだろうと思えてきた。

それに直純は、オーナーの真木とも、料理人同士気が合うらしい。ふたりは熱心に話し込んでいることもあり、閉店間際、うまく直純以外の客がはければ、そのままクローズの札を出してしまって、三人で飲み明かすことすらあった。

見目《みめ》よく成長した直純だから、カウンターにひとりで座っていると、同じようにひとりでこの店を訪れ、相手を探している客に声をかけられることもあるようだ。

けれど、もちろんと言うべきか、直純が誘いに乗るのを見たことはない。角が立たないようにさらりと受け流しているところを見ると、あんなに奥手だった直純も、響の知らない十年間で、さまざまな経験をしてきたのだろうということがうかがえた。

直純が、どういうつもりで響に近づいてきたのだろうという疑念は薄れていった。

かわりに、偏見のない態度で自分たちに接してくれる直純に、あらためていいやつなのだという思いが湧いた。

直純は、幼いころから、誰に対してもやさしかった。

高校に上がってからは別のクラスにしかならなかったが、中学までは、何度か同じクラスになることもあった。

田舎の街では、子どもたちの世界も狭い。いじめや仲間外れは、クラスが変わっても引き継がれてしまうことが多かった。けれど、直純のいるクラスでは違った。

ひとりぼっちでいる子がいれば、男子でも女子でも直純は声をかけ、自分たちの仲間に入れた。

それに誰かが文句を言えば、「どうして?」とまっすぐに問い返す。仲間はずれに理由があることなんてめったにないから、問われたほうはろくに反論できず、最終的には直純の正しさに負けてしまった。そんな直純の正しさを、響はとても好きだった。

いいやつだよな、と、大人になってつき合っていてもしみじみ思う。

だからと言って、恋心が完全に消えてしまったかと言えば、それは微妙なところだった。

直純が「友達として仲よくしてくれ」と言うのであれば、〝友達として〟仲よくやっていく覚悟はある。

響だって、この十年で大人になった。世の中には、自分の気持ちだけではどうにもならないことがあるのだと、身をもって知っていた。

けれど、そう心に決めてはいても、直純が思案顔をしていれば、どうしても気になってしまう。

会計を済ませた客の皿を下げてくると、カウンターに座ってひとりで料理をつついていた直純が、なにやらグラスを見つめていた。

「なんだよ、深刻な顔して」

カウンター越しに声をかけると、直純は、「えっ?」とこちらを見上げてくる。

「ぼーっとしてる」

「ああ……別に、なんでもないよ」

「それにしちゃ深刻そうじゃん」

「いや、ほんとに、たいしたことじゃないんだ」

直純は笑いながら、グラスの中身を口に含んだ。

「来週、うちの両親の結婚記念日でさ」

「へえ、そうだっけ？」

ひさしぶりの人たちの話題に、懐かしい気持ちになる。皿を洗い場に下げてしまうと、カウンターのなかに戻って、直純の相手をすることにした。

「おじちゃんもおばちゃんも元気？」

「うん、まだまだ現役で店に立ってるよ。親父なんて、あと二十年は修行して来いってさ」

「相変わらず厳しいな」

十年会っていない直純の両親だったが、そう言っている姿が目に浮かぶ。

「今年、結婚してちょうど三十年になるらしいんだよ。節目《ふしめ》の年だから、なにか贈ろうと思ってるんだけど、両親どっちにも喜んでもらえるものって思いつかなくて」

「あー、そりゃ確かに難しいなあ」

響も腕を組み、うーんと視線を宙にやった。

「それなら、響が協力してやれば？」

カウンターの奥からの声に振り向くと、厨房から真木が出てきたところだった。手に持っていた皿を、「はいよ」と直純の前に置く。

「俺？」

響は自分の顔を指し、目をぱちくりとまたたいた。

「ああ、ワインですか」

合点《がてん》したように、直純がうなずく。

「正解」

真木はそのままカウンターを出ると、直純の隣に腰を下ろした。もう夜も深い時間だ。今夜はもうオーダーは入っていないので、このまま飲むつもりだろう。

「俺もこないだ、親友の結婚記念日だったんだよ。十年目だから、なにかしてやろうと思ってさ。こいつ連れてって、選んでもらった」

水を向けられた響もうなずく。

「奥さんの生まれ年のワインにしたんだよね」

結婚記念日にワインの贈り物は、喜んでもらえたようだった。

ワインを贈った真木の親友だという男には、響も会ったことがある。少しだけ聞いた話だと、真木が昔、好きだった相手だということだ。

ところが直純は、的外れなところに関心を持ったらしい。

「へえ、真木さんと響、一緒に出かけたりするんですか」

「まあね。俺としては、デートのつもりだったんだけど」

どういうつもりか、真木は挑発的に言いながら、カウンターの上に置いていた響の手に、するりと手のひらを重ねてきた。

「ちょ……やめてよ、真木さん」

響は焦《あせ》って、直純のほうをうかがった。

直純がストレートだということは、彼がこの店を訪れた最初の夜に説明している。直純だって、響と幼馴染みだからという理由でゲイ扱いされては、面白くないだろうと思ったからだ。

ふだんなら真木も、ストレートの男がゲイ同士の戯《たわむ》れを見せられてどう思うか、配慮できない人ではない。

結婚記念日の話題で、好きだった男のことでも思い出したのだろうか。響は「なにすんの」と言おうとして口を開きかけ、なんとなく真木に同情して、手を振り払うのを躊躇《ちゅうちょ》した。

直純が気にしていなければいいいけど、と、カウンターの向こうに視線をやると、直純は、真木に握られた響の手を見て、ふいと目をそらしたところだった。

こういう光景を見慣れないのか、それとも不快感からか。どちらにしても、もう少し気をつけるべきだったと反省していると、直純が意外なことを言い出した。

「じゃあ、次の休み、響をお借りしていいですか」

心なしか強い口調の直純に、真木はおどけて響の手に指を絡めた。

「どうぞ？　まだ俺のもんじゃないけど」

「もー、なに言ってんの真木さん！」

ついに握られた手を引くと、真木はうははと声を上げて笑った。

「っていうか、俺にも予定あるんだけど」

どんな顔をしていいかわからず、響はしかめっ面《つら》で抗ったのだが、直純は、「それもそうだよね」と素直にうなずく。

そういうことじゃねえだろ、俺の意向は無視かよ、と反論する隙も与えずに、直純の目がこちらを向いて、響は言いかけていた言葉を呑んだ。

「響が空いてる日、よかったら教えて。俺は響より出勤時間早いから、いつでもってわけにいかないんだけど、調整する。ワイン選ぶの、手伝ってよ」

真っ向からそう言われてしまえば、断れない。

結果、ワインを選びに行くのは翌週、直純の休みの日に、ということになった。

真木の店は、真木と響のふたりで回しているので、そうそう休むわけにもいかない。けれど開店時間が遅いので、昼間なら響はいつでもよかった。

銀座《ぎんざ》で待ち合わせて、響が懇意にしている店で適当なものを見つくろう。

直純の実家は洋食屋なので、終業してからゆったりとした気持ちで飲んでもらえるように、あえて料理に合わせるものではなく、デザートワインを選んだ。少しだけ奮発して、直純の両親が結婚した年のものだ。

「いいの買えてよかったよ。俺だけじゃちょっと、自信なかった」

直純は、手にしている紙袋を示して言った。細長いワイン用の紙袋のなかに、綺麗にリボンをかけられたボトルがおさまっている。

「それなら絶対、おじちゃんもおばちゃんも好きだと思う。喜んでくれるといいな」

「うん。ありがとね、響」

直純は、ボトルから目を上げて響を見た。砂糖菓子が舌の上でほろりとほどけるような、甘くてやさしい笑みを浮かべる。

「いいよ。このくらい」

こそばゆい気持ちになって、響は目の前の大きな横断歩道に目を戻した。

信号が青になる。

道の両端から人が一斉に動き出し、ざわめきが道を横切る。

そのなかを、背筋を伸ばし、さっそうと歩いていく直純は、すれ違う女の子が振り返るくらいには目立っていた。

並んで歩くのは十年ぶりで、響はなにか、不思議な気分で隣を見る。十年前、響が恋心に気づいてしまうまでは、これが自然な距離だった。

「響、そこ、右に入って、まっすぐ行ったとこだから」

「え？　ああ」

とん、とエスコートするように背中を手のひらで支えられ、ふいに縮まった距離に胸が鳴る。背中から体温が離れると、「こっち」と直純が響を先導した。

ストレートの直純にとっては、なんということのない所作《しょさ》なのだろう。銀座は不案内なのでありがたいが、響は小さく笑ってしまった。

「なに、どうしたの」

半歩先を行っていた直純が振り返る。

「いや、ちっちゃいころと逆だなと思って。昔は俺がおまえのこと、どこ行くにも引っ張り回してたのになあ」

「そうだよね。楽しくて、遅くまでふたりで遊び回って、親にも心配かけてたね」

直純は、懐かしむような目で、手にした紙袋に視線を落とした。両親のことを考えているのだろう。親思いの、いい息子に育ったなと感心する。

しばらく歩くと、表通りの喧騒からほどよく離れ、静かで落ち着いた区域に入った。

「あ、これだ」

直純が指差したビルの案内板には、目的の店の名前が載っていた。五階建てのビルの三階だ。直純が勤めているホテルの先輩が、フレンチの店を始めたのだという。

今日はワインのセレクトの礼として、直純が昼食をご馳走《ちそう》してくれるということだった。

「いらっしゃいませ」と迎えてくれた感じのいい女性店員は、オーナーシェフの奥さんで、直純の先輩は、彼女との結婚を機に独立を考えたそうだ。

前菜《ぜんさい》を待っているあいだに、厨房から、店主が挨拶《あいさつ》にやってきた。

「おー、室井。ありがとうな、わざわざ」

標準よりもややふくよかな体型の男は、三十代半ばくらいの年齢だろうか。

「開店おめでとうございます。いいお店ですね」

直純が、立ち上がって会釈《えしゃく》する。

「祝いももらったのに、すまんな。サービスさせてもらうよ」

店主は人好きのする笑顔で、響にも会釈をした。

直純が響を「ソムリエをやってる幼馴染みです」と紹介すると、店主は密かにこだわっているらしい小さなセラーも見せてくれ、響はいたく感激した。

「そうか、幼馴染みってことは、響くんも出身は室井と同じか」

響がセラーから選んできた一本を開けながら、店主は感慨深げにつぶやいた。

「そうですね。響は、俺より早く上京してたみたいですけど」

直純が答えると、店主が響に「こっちには、いつから？」と訊く。

「十八のときです」

「へえ、高校卒業してすぐか。上昇志向だねえ」

ははは、と笑いながら、店主はワインをサーブしてくれた。

直純には、東京に流れ着いたときのことを、詳しくは話していない。

真木の店の常連客には、真木と響がつき合っていると誤解している人も少なくなかった。響があの店で働くようになった経緯を考えると、そう言われるのも仕方がない。

真木に拾われたことを直純に話すのはなんとなく気が引けるし、ストレートの直純ならなおさら、聞いて楽しい話でもないだろう。

突っ込んで訊かれるだろうか、と直純を見やるが、話好きの店主はすぐに、直純が持っていた紙袋に話題を移した。

「お、これもワイン？」

「ええ。うちの両親、今度結婚して三十年目なので。響に選んでもらったんです」

「室井の実家、確か洋食屋だったよな」

「先輩と同じで、夫婦でやってるんですよ」

「そうか、そりゃいいな。やっぱり信頼できる同士がいいよ、個人経営は」

まだ新婚気分らしい店主は、なあ、と奥さんに笑いかけ、「もう、なに言うのよ、お客さんの前で」と恥ずかしそうに肘で小突かれている。

「まあ、それはそれとしてさ。室井、おまえはいい子、いないのか」

「そうですねえ……なかなか」

「おまえ今、いくつだ」

「今年、二十八になりました」

「ほら、適齢期だろう。どうしておまえ、男前なのに彼女できないんだろうなあ」

店主は不思議そうに腕を組み、首をひねっている。

直純とは、上京してきたときの話も含め、恋愛に関係があることをあまり話さない。響の性指向のせいか、直純も気を使っているのかもしれなかった。

会話の端々から、直純に今彼女がいないのだろうということはそれとなく知っていた。はっきりとわかったのは、再会してからこれが最初だ。

ざわつく気持ちをごまかしたくて、響は目の前のグラスに口をつける。

店主は、面倒見のいい先輩なのだろう、嫁の友達でも紹介してやろうか、と直純に持ちかけた。

「いや、今はまだ、修行中の身ですから」

「そうは言ってもなあ。いずれは実家を継ぐんだろう?」

「兄弟はいませんから、そうなりますね」

「そうしたらおまえ、早くいい嫁さんもらって、ご両親を安心させてやるのも親孝行だぞ」

なあ、と店主は、直純が持っていたワインの袋を視線で示す。

「そろそろちゃんと、考えますよ」

直純が当たり障《さわ》りなく返していると、厨房のほうから奥さんが呼ぶ声がした。店主は「ゆっくりしてけよ」と言い置いて、響たちのテーブルを離れる。

「……最近、多くて。こういうの」

直純は、グラスを取りながら、決まり悪そうに笑った。

「そりゃ、しょうがねえよ。俺ら、そういう歳だもん」

「そっか、同い年だもんね」

「そうだよ」

響の場合は、多少事情が違っているし、まわりの人間も似たようなものなので、結婚とか家庭とか、そういったものを意識せずに済んでいる。

おまけに実家に家業もないし、両親は、放蕩《ほうとう》息子にはもうなにを期待することもなく、生きて楽しくやっていてくれればそれでいいという感覚らしい。

けれど、直純は違うのだ。

ひとりっ子で、洋食屋の三代目。響のように、ふらふらしていられる身分ではない。それこそ、真木の店なんかに来ている暇があるのなら、合コンにでも行っていたほうが、よっぽど実りがあるのではないか。

そんなことを考えながらでも、直純の先輩の料理はうまかった。アミューズからメイン、デセールや食後の小菓子まで、あの豪快な様相からは想像できないくらいに繊細で、こんな街に店を出せるのだから、やはり実力があるのだと感じさせられた。

ほとんど無料《ただ》同然の値段で飲み食いさせてくれた上、土産《みやげ》に焼き菓子まで持たされて、響と直純は帰路に就く。

「なんか、かえって悪かったたな。あんなによくしてもらってさ」

地下鉄の駅に向かう途中、響は焼き菓子の箱を鼻の高さまで持ち上げて言った。かすかにレモンの香りがするのは、マドレーヌが入っているからだろう。

「オープンしたてだからね。きっと、お客さんが入ってるだけでありがたいんだよ」

直純は、犬のように鼻をひくつかせている響を見てか、口もとをほころばせた。

「それ考えたらさ、俺もちっちゃいころ、よくおまえんちの店行ってたろ。あれ、オープンしたてとかじゃないのに、相当迷惑だったよな」

思い出して響が笑うと、直純が「ちっちゃい子は別だよ」とつられて笑った。

「子どもって、席にいてくれるだけで店があったかくなる感じしない？　母さんも、よく『響ちゃんがいると、お店が明るい』って言ってたよ」

言うそばから直純は、すれ違う子どもを目で追っていた。

すぐ近くに音楽教室があったので、そこに通っているのだろう。お稽古《けいこ》バッグが大きく見えるほどの小さな体で、母親のほうへ駆けて行く。教室でなにか褒《ほ》められたのだろうか、うれしそうに母親に報告している姿を眺め、直純はやさしく目を細めた。

直純の先輩ではないけれど、響だってやっぱり、直純はいい男だと思う。

向こう見ずな自分と違って、直純は一家を支える素質のある、おだやかで真面目な男だ。それなのに、こんなふうにほぼ毎日、響と顔を合わせていてもしょうがない。

高校時代、津田に言われたことを思い出す。

――おまえもいい加減、直純離れしろって言ってんの。

十年経っても、自分たちは同じことをしているのだ。大人になっても、こういうところは変わらないんだな、とおかしかった。

「響？」

顔を上げると、直純が、うれしそうに響を見ている。

「なに」

「笑ってるから、どうしたのかと思って」

「なんでもねえよ」

「そう？」

直純は、にこにこと笑ったまま首をかしげると、「そろそろ時間でしょ、送ってくよ」と地下鉄入口の階段を降りようとした。「いいよ」と止めると、直純は立ち止まって振り返り、響のほうを仰ぎ見る。

「おまえ今日、休みだろ」

「そうだけど……もうちょっと、響と一緒にいたいから」

不意打ちでほほえまれ、ついつい、負けた、と思ってしまう。

新宿方面へ向かう地下鉄のホームで、直純は、「今日はほんとにありがとう」とつぶやいた。

声の調子になんとなく違和感を覚えて、右側にいる直純を見上げる。

「礼ならもう聞いたって」

「でも、最近ひとりになると、考えこんじゃうことが多かったから。響が一緒に来てくれて、気分転換になったよ」

ふと目を伏せて、直純は反対側のホームのほうへと向き直る。

そういえば、両親の結婚記念日の話題を切り出す前、直純はやけに真剣な面持《おもも》ちをしていた。

「……なんかあった？」

なるべく、控《ひか》えめに訊いた。

「うん……」

ちょうどそのとき、ホームに電車が入ってきたので、話はうやむやになってしまう。

平日の昼間とはいえ、地下鉄はそれなりに混んでいた。乗りこんだ車両のつり革につかまり、しばらく直純は黙っていた。

発車のベルが鳴り、車両のドアが閉まる。電車が動きだすまでの一瞬、車内に不思議な静寂が満ちる。

直純が口を開いたのは、電車が動きだしてからだ。

「ほんとにね、たいしたことじゃないんだけど」

隣に立っていた響は、視線で話を促《うなが》した。

「母さんがね、こないだ、店の二階から降りてくるときに、階段落ちちゃったらしいんだよ」

「え、おばちゃんが？」

驚いて、大声を上げた。

「大丈夫か？　怪我《けが》は？」

「うん、頭は打ってないし、骨折もしてないいんだけど、結構ひどい捻挫《ねんざ》だったみたいで。何日か店にも立てなかったみたいなんだ。今まで両親とも、病気ひとつしなかったから……なんだか、心細くなっちゃったみたいでね」

直純は、訥々《とつとつ》とした口調でつづける。

「それで母さん、俺のとこにも、電話で気弱なこと言ってきたんだけど、父さんが怒っちゃって。あと二十年修行して来いって、そのとき言われたんだ」

「あー、なるほど……」

あの頑固親父のことだ、本当にそう言ったのだろう。直純が家のことを気にしないで済むようにという配慮だろうが、あの親父のやさしさは、いまいち伝わりにくいのだ。

響たちを乗せた電車は、次の駅のホームに着いた。車内の幾人かを入れ替えて、また騒々しいベルとともに走り出す。

「——母さんの捻挫も、三日くらいで、店に出られるまでよくなったらしいんだけど。ちょっといろいろ、考えちゃって……これ、父さんと母さんにも、元気出してもらえたらと思ったんだよね」

直純は、提《さ》げていたワインの紙袋を軽く持ち上げた。

「響が選んでくれたって言ったら、父さんも母さんも喜ぶよ。ふたりとも、響のこと心配してたから」

「……そっか。悪かったな、おじちゃんとおばちゃんにも心配かけて」

「ほんとだよ。……でも、よかった。響が元気でいてくれて」

電車の揺れに合わせるように、直純の体が、とん、と響の体に触れた。カーブがもとに戻っても、直純のぬくもりは離れない。

「……このまま、また昔みたいに、仲のいいふたりになれたらいいな」

直純は、響だけにしか聞こえないくらいの、小さな声でつぶやいた。

それに答えることはできず、響はつり革をつかんだまま、正面にある地下鉄の窓に目をやった。

地下を走る車体の窓は、昼間でも真っ暗だった。黒い鏡のように見える車窓に、ふたりの男——直純と響が映っている。

直純の母は、おそらく、故郷に帰って店を継いでくれと言ったのだろう。父親の言ったことを考えても、ほぼそれで間違いはないと思う。

直純の手には、両親のために選んだワインと、甘い香りの焼き菓子が握られている。今日訪ねた先輩シェフと、その奥さんの、はにかむ笑顔を思いだす。

やさしくて、親思いな直純のことだ。

遅かれ早かれ、可愛い女の子を嫁にもらって、立派に洋食屋を継ぐだろう。子ども好きな直純だから、直純に似た、可愛い子どももたくさんできる。

その幸せな光景の、どこに響は資することができるというのだろう。

目から鱗《うろこ》が落ちる思いで、響は暗い窓をじっと見た。

響の隣に、顔をうつむけた直純が映っている。

前髪に隠れて、その表情はわからない。けれど、ほんの少しだけ触れ合った直純の体は、わずかに響のほうへと傾いでいて、ああ、それは駄目だ、と響は思う。

俺はおまえの幸せのために、なにひとつしてやれることがない。

自分が女だったら、とは思わない。

響がもしも女だったら、あの街での時間を、あんなふうには過ごせなかった。

男だから、そばにいられた。男だから、なんでもわかり合うことができた。男同士でなかったら、こんな信頼関係は築けなかった。

けれど、男だからこそ、響は直純の幸せに、なにもしてやれることがない。こうして直純が弱っていても、できることはただ、ひととき肩を貸してやることくらいだ。

このままじゃ駄目なんだ、と響は悟った。

自分といくらつるんでいても、直純のためにはならない。

おだやかに友達づき合いができていたから、このままずっと、友達でいられるのではないかと勘違いするところだった。今までは、見ないふりでやり過ごしてきただけだ。

十年前と、状況はなにも変わっていない。

直純は、大切な友達だ。

友達で、かわりのいない幼馴染みで、そして——十年前から、今でもずっと、ひとりだけ響が愛した男だ。そんな男が、幸せな未来から遠ざかっていくのを、傍観していてどうするのだ。

響は、十年前と同じ決意を持って、車窓を見た。

せっかく大きな窓なのに、映るのは相変わらず暗闇ばかりだ。レールが地下にある限り、車体は地表に上がれない。

響が直純を連れて行けるのは、ただこのレールの続く先、どこまで行っても暗い地下だ。直純のような太陽を、閉じこめていていい場所ではない。

——もうこれ以上、直純と一緒にはいられない。

黙ったままのふたりを乗せて、電車は次の駅へと着いた。

車窓に映るふたりの姿は、ホームの光にかき消えた。

離れなくては、と思ったものの、ことはそう簡単ではなかった。

なにしろ直純は、真木の店の常連客でもある。

店に来れば追い返すわけにはいかないし、だからといって、もう店には来るなと言うのもおかしな話だ。

結局、なにもできないままにひと月が過ぎ、ふた月が過ぎ、気づけばもう六月だ。

十年前、故郷をぽんと捨てられたのは、考えてみればすごいことだった。なんて自由だったんだろうと、今になってつくづく思う。

好きな男を自分の恋に巻き込まないよう、故郷を捨てて、過去を捨て、失うものはそれだけだった。持っていたものすべてを捨てたところで、未来へ続く無限の可能性の上に立っていた。

はあっ、と特大級のため息をついて、響は店の床を磨いていたモップの柄にあごをのせた。

大人になってしまえば、どんどん自分の生活できる場所は限られる。だからこうして、日々の営みをつづけていかなくてはならない。

「うっとうしいため息ついてんじゃねえぞ」

コックコートを着たままカウンターに座り、咥え煙草でノートパソコンに売上を打ち込んでいた真木が言った。

「聞かなきゃいいじゃん」

対する響も、むくれて答える。

「馬鹿野郎。俺の店だぞ、俺のルールに従えよ」

響が反論できないのをわかっていて、真木はこういう言いかたをする。

思いっきり鼻の頭にしわを寄せていると、真木はぱちん、とキーを叩いて、キーボードから手を離した。無骨《ぶこつ》な指に煙草を挟み、紫煙《しえん》を吐き出す。

「今日、あいつ、って」

「あいつ来なかったもんな」

「室井くん」

「……見てたの」

「おう」

「――なんで」

真木は面白そうに、にやりと笑った。

「ライバルだから」

「はぁ？」

「だーって、うちの可愛いソムリエがメロメロなんだぜー？」

「やめろってもう、言いかたがいちいちおっさんなんだよ」

終業後に、このテンションだ。いくらいつもより早く客がはけたとはいえ、深夜であることには変わりない。だいたい、料理人のくせに煙草を吸うというのもどうなのだ。

響は頭痛を抑《おさ》えるようにこめかみに手をやって、床を拭き終わったモップを片づけた。

「まあ今回は、あんまり冗談でもねえけどなあ」

スツールの上で脚を組み、煙草をふかしている真木を横目に、響は流しで手を洗い、フロアのテーブルを拭きにかかる。

「どういうこと？」

「黙って見てらんねえ、ってこと」

真木はスツールを回転させて、響のほうに体を向けた。

「おまえの初恋の君って、室井くんだろ」

ダスターを持つ手が止まる。

真木は、やっぱりな、とでも言いたげに息をつくと、煙草を灰皿に押しつけた。

「……どうして」

「見てりゃわかるよ。まあ、小野寺に裏は取ったけどな」

「くっそ、あのメガネ……」

小野寺は小野寺で、食えない男だ。どうせ真木に買収されたのだろう。今度店に来たら覚えてろよ、と、響はひとり拳を握った。

「それにしたって、見てらんねえよ」

真木はスツールから下りて、響がいるテーブルのほうへと近づいてくる。

「響、おまえ、ちょっと痩《や》せたろ」

「――痩せてない」

「今さら強がってどうすんだ」

「ちょっと、真木さん」

やたら距離が近いなと思っていると、背中からがばりと抱きつかれた。たしなめる言葉も聞かず、真木は響をぎゅうと抱き込む。

「あーほら、やっぱ痩せてるじゃねえか」

「……そんなに変わんねえよ」

響は諦めて、テーブルを拭き終えたダスターを置いた。

言われてみれば、体がやたらと軽い気がする。

直純と離れなくてはと意識してからというもの、物思うことが多くなった。

当然、食欲も落ちる。

直純が店に来れば、こんなところへ来るなと気を揉《も》み、とはいえ顔を見せなければ、なにをしているんだろうと気になってしまう。こちらから連絡するのははばかられるが、相手の行動は気になるというひとり相撲《ずもう》だ。

いい加減、精神的に参りもする。

「別に仕事に支障出てるわけじゃねえし、いいだろ」

逃れようとして身をよじると、真木はそうさせまいと、響を抱く腕により力を入れた。

「よくねえよ。俺が拾った猫なんだからな、俺の管理下にあんだよ」

「なにそれ」

「俺は釣った魚には餌《えさ》やるし、拾った犬猫は可愛がる主義なの」

めちゃくちゃな理屈だ。

けれど真木は真木で、心配してくれているのだろう。その気持ちはありがたい。

「ご心配おかけしてすみませんね、ご主人様」

「わかればよろしい」

まるで本物の猫にするように、よしよしと頭を撫でられる。にゃあとでも鳴いてやろうかと振り返ると、真木は存外《ぞんがい》、やさしい顔で自分を見ていた。

「真木さん……？」

「初恋の君——な。あいつ、同郷って言うから、なんかあるんだろうなとは思ったんだ。うまくいくなら、放っといてやるんだけどよ」

真木の大きな手のひらが、響の頰をしっとりと包んだ。

「こんな顔してるようじゃ、放っとけねえだろ」

「……」

親指の腹が、頰をいたわるように撫でていく。

ひさしぶりに、肌と肌が触れ合う心地よさを思い出した。

この街に来たばかりのころは、人恋しさに、ぬくもりだけを求めたこともなくはない。

けれど、空腹の状態で下手に食べてはいけないと、すぐに思い知ることになった。

たっぷり満たせない状態で、少しでもかじってしまえば、いっそう強い飢餓感《きがかん》に泣くことになる。

だから最初の数年だけで、つまみ食いもやめてしまった。

左腕で腰を引き寄せられて、そっと胸を押し返す。と、やさしい声で、真木が言った。

「……つらくないか」

「……うん」

精一杯の強がりに、視線を合わせたままではいられなかった。目を伏せると、真木の右の手のひらに、前髪をくしゃりとかき上げられる。

「おまえはなぁ、言わねえからなあ」

呆れたような顔で笑われ、ぐしゃぐしゃと髪をかき回された。やめろよ、と響も笑えた。

「ま、ここはいつでも空いてるからさ」

真木はおもむろに自分の胸を叩いて、両腕を開く。

「つらくなったら、いつでも来いよ。恋の傷、癒《い》やしてやるよ？」

「だから、そういうおっさんくさいこと言うのやめろって」

ひとしきり笑うと、胸の奥の重いかたまりが、ほろほろと崩れていくような心地がした。

おそらく真木は、この街へ来た響の傷心《しょうしん》、その理由が、失恋だと気づいていたのだろう。自分にもつらい恋の経験があるのだと、聞かせてくれたことがある。

だからこうして、同じつらさを抱える響をなぐさめてくれるのだ。叶わぬ恋の苦しみは、味わった者にしかわからない。

「恋の傷、かぁ……」

「お、さっそく？　癒やしてやろうか？」

真木は上機嫌で、向き合う響の腰に腕を回した。

どうしてここまで入れ込んでくれるのだか、真木はいつも、響に甘い。

甘やかしてくれるなら、甘えて報《むく》いるのもいいだろう。響は、目の前にある真木の胸に、手のひらを置いた。

「もういっそ、それもいいかも」

コックコートの胸に、頬を寄せてみる。

さっきまで真木が吸っていた、甘い煙草の香りがした。

「……響？」

「報われない恋ばっかりじゃ、俺だって寂しいし」

真木と直純は、体格がよく似ている。

長身で、胸や肩、腕にしっかり筋肉がついている。どちらも仕事中はコックコートを着ているのだし、顔さえ見ないようにすれば、たいして違いはないように思えた。

真木だって、いい男だ。

いつでも響にやさしいし、仕事をくれて、生かしてくれる。傷ついていればなぐさめて、あたたかい胸を貸してくれる。

腰に回った真木の腕は、決して響が嫌がるようには触れてこない。手のひらに乗せた響を、ただひたすら甘やかし、大切にしてくれる。

でも、と思うと、目もとが歪んだ。

目を閉じてなお、この男は違う、と体が訴えているのがわかる。

「好きになれたら……いいのにね」

響は、真木の胸から頬を離した。

「――うちの可愛いのに、こんな顔させて、なあ」

見上げると、真木が響を見ていた。響の後頭部に手のひらを回し、うなじを撫でる。官能的な仕草なのに、真木の手から伝わるのはただ、親愛の情だけだった。

「泣かされたら、俺んとこ来いよ」

「……うん。そんときは、よろしくね」

響は大きな手のひらに、頭をあずける。頬に置かれた真木の手に、響も手のひらを重ねた――そのときだった。

からん、と戸口のドアベルが鳴った。

「あれ？　クローズの札……」

かけてなかったたっけ、と振り向こうとした瞬間、真木の腕に、ぐっと力がこもる。

「室井くん」

真木の声に、顔からざっと血の気が引いた。目をやった戸口には、直純が呆然《ぼうぜん》と立っている。

「……すみません。電気点《つ》いてたから、挨拶していこうかなと……」

「ごめんな、今日、ちょっと早めに店じまいしちゃったんだよ」

響の腰を抱いたまま、へらへらと真木が答えた。

「……って、真木さん！」

「ああ？　どうした」

「どうした、じゃなくて」

直純に、妙なところを見られてしまった。

響は真木の腕から逃れようとするが、真木はなぜか、響を離そうとはしない。それどころか、ますます腕に力をこめて、自分の体に響の体を密着させようとする。

「——お邪魔したみたいですね」

感情の見えない声で、直純が言った。

「いいや？　こっちは全然。仕事はもう、終わってるんで」

真木は「なあ？」と響に同意を求めてくる。どういうつもりか、さっぱりだ。

「ちょっと真木さん、いい加減に……」

「――そうですか。仕事は終わったんですね」

「……直純？」

声の調子が、いつもと違う。訝って見やると、直純は戸口のほうからつかつかとこちらに歩み寄り、響の腕をぐいと引いた。

「……おい、なおず……」

「真木さん、ちょっといいですか。響と、話があるので」

「おー、いいぜ。響、おまえ今日はもう上がれ」

「は？」

「また明日、な」

きゅっと腰を抱かれたかと思うと、額に軽いキスをされた。

「ちょっ……！」

あわてて額に手をやり、体を引いた。

次の瞬間には、真木の手で、ぽんと直純のほうに押し出される。

わ、とバランスを崩したところで、「じゃあ今日はこれで」と踵《きびす》を返す直純に、強く手を引かれてよろけた。

「……っ、おい、直純！」

わけがわからないまま、引きずられるようにして戸外へと連れ出される。制服のカッターシャツとベストを着たままで、先を歩く直純に引っ張られて響は歩いた。

「なにすんだよ！」

呼びかけても、直純は振り返らない。ずんずんと、怒ったように表通りを目指して歩く。

「おい……待てって！」

力一杯抵抗して手を振り切ると、ようやくそこで、直純はこちらを向いた。

いつのまにか、響は肩で息をしていた。

屋外はぬるい湿気に満ちていて、立ち止まるとうっすら汗が浮かぶ。振り返った直純の顔は険しくて、汗ばむ肌とは対照的に、心臓はしんとした。

「どう……したんだよ、こんな」

「響は」

遮るように強い口調で、直純は言った。

「響は、真木さんのことが好きなの？」

「――は？」

思ってもみなかった台詞に、ぽかんと口が開いた。

「いつもの真木さんと響のやりとりは、なんとなく冗談なのかなと思ってたけど……」

真木は今までも、響に妙なちょっかいを出してくることはあった。

いつもは明らかにじゃれついているだけだとわかるので適当にいなしているが、確かに今日は、なにか様子がおかしかった。

「……さっきのか」

ばつの悪い思いで、目をそらす。

「妙なとこ見せて、悪かったな」

「なに話してたの？」

聞かれて、響は言葉に詰まった。直純のことに関する悩みを、本人の前で言えるわけがない。

そんな響の態度をどう思ったのか、直純は、苛立ったそぶりで言った。

「真木さん、ほかに恋人がいるよ」

「え？」

あっけにとられる響の二の腕をつかみ、直純は続ける。

「俺、このあいだ見たんだ。真木さん、店によく来てるお客さんの腰抱いて歩いてた」

「……ああ」

響は変なところで納得して、心ならずもため息をついた。直純が店でよく会う常連と言えば、あの男くらいしか思い当たらない。

「もしかしてそれ、小野寺さん？　メガネの」

「そう……だけど」

「あー、それならいい。知ってる」

真木と小野寺は仲がいい。それこそ、店が早くはけたときや、たまの定休日、連れ立って飲み歩いている仲だ。

その酒の席で、響の初恋が肴《さかな》になっていたのだと思うと、腹立たしさが再燃する。今度まとめてなにかおごらせよう、と憤《いきどお》っていると、直純の指が、響の二の腕に食いこんだ。

「……なに、痛えって」

「駄目だよ」

直純が、一歩こちらへ踏みこんでくる。

「そんなの駄目だ、別れたほうがいい。想い合えない人とつき合ってても、幸せになれないよ」

「別れるって、おまえ……」

よくわからない方向に話が転がっているようで、響は答えに窮《きゅう》してしまった。

どうやら直純は、真木が響と小野寺に二股をかけていると勘違いしているらしい。

当然だが、響と真木のあいだに恋愛感情はないし、小野寺と真木だって、つき合っているという話は聞かない。

もし仮《かり》にそうだとしても、こと真木の恋愛に関しては、二股どころでは驚かない。

なにしろ響はここ十年、真木に特定の相手がいるという話を聞いたことがないのだ。あれだけ何人もの男と遊んでいるにもかかわらず、だ。

それに――。

響はどうにも、虫の居所が悪かった。

真木が誰と遊んでいようが勝手だし、そもそも、店で真木と自分が抱き合っているように見えたのは、もとをたどれば、響が直純に失恋したことが原因だ。

なのにその元凶《げんきょう》みずから、響に向かって幸せを説《と》くというのはどういうことだ。

「……おまえには、関係ないだろ」

怒りに似た感情を抑え、顔を背けた。

「関係あるよ」

直純が、また一歩、距離を詰める。「離せよ」と体をひねると、「こっち向いて」と諭《さと》された。

勢い、睨《ね》め上げた双眸《そうぼう》にはっとする。

こんな、燃え立つような目をした直純を、響は知らない。

「俺にも、関係あると思いたいよ。響は、大事な友達だから——幸せになってほしいんだ」

どうしようもない感情に、くちびるを噛んだ。

あんまりだ。

どうして、よりによって直純に、こんなことを言われなくてはいけないのだろう。

想い合えない人とつき合っていても、幸せになんてなれない。そんなこと、言われなくてもわかっている。

直純なしには、響の幸せなんてありえない。直純以外の人間とつき合ったって、響が満たされることはない。

でもその直純に、望みがないのだ。

響が好きだと言ったところで、応えられるはずもないくせに、それでも幸せになれなんて、目の前の男はあまりにも残酷なことを言う。

わかっている。これは八つ当たりだ。好きになってはいけない相手を好きになってしまった、自分自身が悪いのだ。直純に落ち度はない、けれど――。

「……なんだ、心配してくれてたのか。そりゃ悪かったな、わかってんのかと思ったよ。俺、ゲイなんだって言ったよな？」

片頬が引きつり、皮肉な笑みのかたちをつくる。

「響……」

「おまえにはわかんないだろうけどな、ゲイなんてみんな、適当にセックスできて、気持ちよけりゃ誰でもいいんだよ。結婚できるわけじゃなし、子どもができるわけじゃなし、貞操《ていそう》観念なんて持ってても意味ねえだろ？」

嘘をつくとき、人は饒舌《じょうぜつ》になるのだと、どこかで聞いたことがある。

ああ、あれ、ほんとだったんだな、と、響はつるつる喋る頭の隅で、ぼんやりと考えた。

「だからいいんだよ、別に二股かけようが、三股四股かけようが。そんなのみんな承知の上だよ。本命なんて、いたところでつらいだけだろ？　特定の相手つくるなんて、そんなバカみてえなこと、誰がするかよ」

言い終えると、ひどい脱力感に泣きたくなった。

馬鹿は自分だ。

報われるはずもないのに、たったひとりをいつまでも好きだ。

直純の言うとおり、幸せになるための道はほかにもある。ほかの誰かを選べばいいのだ。なのに、どうしても、そのひとりを諦められない。

「……そんな」

直純は、なんとも言いがたい顔をした。

「響にだってできるよ。響のこと、幸せにしてくれる相手」

「――やめろよ」

「やめない。俺は響に、幸せになってほしい」

「余計なお世話だっつってんだよ」

「ねえ、響、諦めちゃ駄目だ」

「――っ……」

堪えていたものが振り切れて、響は直純の襟をつかみ上げた。

「わかったようなこと言ってんじゃねえよ！」

胸のなかにあったなにかが、すこんと抜け落ちてしまったような気がした。

「よく言うよな。諦めるな？　じゃあ俺が、おまえのこと好きだったって言ったら、どうするつもりだよ！」

なんのための、十年間だったのだろう。

直純を巻きこみたくなくて、なにもかも捨てたのに。好きな男に、ただ幸せになってほしくて、自分の幸せを諦めようとしていたのに。

なのにどうして、それさえも、邪魔されなくてはいけないのだろう。

「――それ、ほんと？」

乾いた声で、直純は言った。

「さあな。おまえ、自分が当事者になることないと思ってるからそんなこと言えるんだろ。どうすんだよ、ほんとに俺が昔、おまえのこと好きだったら」

襟もとをつかんでいた手を離し、色めいた手つきで胸もとを撫でてやる。

「おまえのこと好きだ、抱かれたいって思いながら、同じ部屋で寝たり、おまえに触ったりしてたとしたら……そういうの、想像したことあんのか？」

媚《こ》びたまなざしで見上げると、直純の喉が、ごくりと音を立てて上下した。

「ほら、な？　気色悪いだろ？　おまえの幼馴染みは、そういうやつなんだよ。おまえも間抜けだよなあ、そんなやつ、手間かけて捜して、今さら友達づき合いなんて。ほんっと、笑わせる……」

言いながら、なんだか無性《むしょう》に虚しくなった。

もういやだ。

胸のなかがぽっかりと寒くなり、足もとがすくむ。

恋をすることが幸せだなんて、そんなのは嘘だ。叶わなかった恋はいつまでも、こうして響を苦しめ続ける。初恋の七霊に、響は捕らわれてしまったのだ。

押し黙った直純の胸を、突き放すように押しやった。

直純の顔を、見ていられない。踵を巡らし、背中を向けた。

「わかったら、もう俺に関わるな」

「響……」

「……行けよ」

こちらを気遣う直純の気配が、その場を去らない。かっとなった体の熱が、潤んだ目からこぼれて落ちてしまいそうで、響はうつむき、拳を握った。

「行けって！」

「響」

声とともに、背中にあたたかいものが触れる。

はっとして顔を上げた。

振り返ろうと首をひねると、それを阻《はば》もうとでもするかのように、後ろから響を抱いた直純が、響の首すじに鼻を押し当てた。

「じゃあ、俺でもいいよね」

「は……？」

切迫《せっぱく》したような直純の声に、現実感が薄れていく。

「適当にセックスできて、気持ちよければ、俺が相手でもいいんだよね」

「おまえ、なに言って……」

「誰でもいいなんて、そんなの駄目だ」

一度腕を解かれたかと思うと、肩をつかまれ、直純のほうへと向かされる。

まっすぐに、瞳のなかを覗かれる。

目の前の男の眉間《みけん》を狭《せば》めた表情は、どこか切なげにも見えた。両の手のひらを、こめかみから髪に挿し入れられて、左右の耳たぶを撫でられる。

こつん、と額に額を当てると、直純は、縋るように目を閉じた。

「だったら、せめて俺にしてよ……」

身じろぎもできずにいると、思いがけない強さで抱きしめられて、息が止まった。

こんな言葉で、惑わせないでほしかった。まるで、愛されているみたいに思えてしまう。

焦《こ》がれた肌の持つ熱が、衣服越しに甘く響に絡みつく。

唆《そそのか》されては駄目だ、と警鐘《けいしょう》を鳴らす理性が、情動《じょうどう》に負ける。わかっている。これは禁断の果実だ。

味わってしまったが最後、永遠になにかを失うことになる。

愕然《がくぜん》として思う。

どうしてこんな、自分の身には、試されるようなことばかり起こるのだろう。神様は響になにをさせたくて、こんなことばかりするのだろう。

せめてもの救いを求めて、直純の肩越しに空を仰いだ。

東の空に、下弦《かげん》の月が浮いている。

新月に向かう夜は、藍《あい》より暗い。どんなにささやかな星だとしても、潤《うる》む大気と響の目には、滲《にじ》んで大きく、明るく見えた。


制服のままタクシーに乗せられて、連れて行かれたのは直純の部屋だった。

車に乗っているあいだじゅう、直純はひと言も口をきかず、ただ響の手首を強く握っていた。

タクシーが停《と》まったのは、新宿から車で十分ほど走ったところにあるマンションの前だ。

無言のまま車を降ろされ、囚人のように手を引かれて進む。

ソファの置かれたエントランスを抜け、七階でエレベーターを降りると、いちばん手前が直純の部屋だった。

玄関で靴《くつ》を脱ぐのももどかしく、腕を引かれる。

二十代のひとり暮らしにしては、広い部屋だった。

玄関から続く廊下を抜けると、大きめのキッチンとダイニングがある。

ダイニングの右手の引き戸は開いていて、ベッドが置いてあるのが見えた。案外散らかしてんだな、という印象以外はなにを見る暇もないうちに、響は寝室のなかに入れられる。

すぐにベッドに押し倒されて、やや乱暴に組み敷かれた。首すじを甘く噛まれると、官能の予感が背筋を伝う。

「……おまえ、なにやってるか、わかってんのか」

「わかってるよ」

自分よりもずっと大きな体に、のしかかられて身動きできない。器用に動く右手の指が、あっというまに、ベストとカッターシャツの前をはだけた。

「……っ、……」

ひやりと触れる指先に、目が醒めたように身震いする。

「やっぱり、だめだ……っ、直純……」

「どうして？」

直純のくちびるは、首すじから鎖骨《さこつ》、胸へと下がって行った。腰をさすられながらくちづけられると、いけないと思いながらも、どうしようもなく肌が騒ぐ。

もがく手首をまとめてつかまれ、頭上に回され、シーツの上に縫《ぬ》い止められる。指先だけで、つうっと胸を撫で下ろされると、甘い疼《うず》きに腰が浮いた。

「……！」

「今の、よかった？」

胸を撫でていた手のひらが、小さな尖りを見つけて捉《とら》えた。かり、と爪の先で引っかかれ、ひくんと下肢《かし》を揺らしてしまう。

「う、ぁ……」

「気持ちよくなりたいんだよね。どこがいいの？」

動けないでいるうちに、ベルトを外され、下衣をくつろげられていた。下着をずらし、直接そこに触れられると、興奮を隠すことができなくなる。

「……っ、やめろ……」

「でも、ほら。喜んでくれてるよ」

両手首を拘束されたまま、ゆるやかに性器を扱《しご》かれる。こんなことをしていいはずがないのに、抗いようのない快感に、昂りの先が泣きはじめた。

「あ――」

「ね、響。気持ちいいよね？」

あの日の甘い妄想と、同じ声がささやいている。

記憶にひどく近い言葉に、ぞっとした。

「違……っ、……！」

「——教えて。どうされるのが好き？」

くぐもった水音がひびいてくる。耳をふさぎたくなるが、両手を拘束されているので叶わない。

かわりに目を閉じ、直純の手から逃れようとして、体をひねる。

すると手首をシーツに押しつけられたまま、うつ伏せに返された。腰をすくうように持ち上げられて、体の前に回された手で、張りつめたものを握りこまれる。

「……あ……っ」

背中から抱き込まれると、体を包むぬくもりに眩暈《めまい》がした。

先走りに濡れる性器に、直純の指が絡んでいる。

擦りたてられ、否応《いやおう》なしに高められる。喘《あえ》ぐ声を殺そうと枕に顔を押しつけた瞬間、尻に腰を押しつけられた。直純の、興奮のかたちがわかる。低く掠れた声が、鼓膜に触れる。

「……響……」

「——ぅ、あ……！」

驚くほどあっけなく、直純の手のひらに射精してしまった。

罪のにおいが、部屋じゅうに広がる。

全身から、力が抜けた。

くずおれる腰を許さず、直純の腕が抱え上げる。吐精の愉悦に思考は濁り、尾《び》てい骨《こつ》を辿った直純の指の感触に、一瞬、なにをされているのかわからなかった。

「……ひ、ぁ」

吐き出したものをまとった指が、後ろのすぼまりを探っていた。ていねいにぬめりを塗りつけ、うかがうように数度押す。ぐ、っと指を押しこまれ、呼吸がひっと引きつった。ひさしぶりの体には性急すぎて、生理的な涙があふれてくる。

「や、めろ……っ、抜け……っ」

「響——お願い……」

受け入れろ、とでも言いたいのか、直純は苦しげな声を出した。

顔が見えずに、直純の意図がつかめない。

これ以上は駄目だ、と懇願しようとする一方で、どこでこんなことを覚えてきた、という激情に翻《ほん》弄《ろう》されて、響はただシーツを掻いた。

「は、ぁっ——……」

直純の指先が、内側を小刻みに探り、響のいいところを探る。

どんなに嬌声《きょうせい》を堪えても、また立ち上がってしまった性器は、直純の手のひらに包まれている。欲深い場所はすぐに暴かれ、そこばかりを攻め立てられた。

「や……ぁ、なおずみ……っ」

「響……」

また、直純の声が呼んでいる。

直純の手が、触れている。

そう思うと響は、肌全体が性感帯になってしまったような心地がした。

覆いかぶさる男の息遣い、肌の熱、自分を呼ばわる甘い声。知ってはいけなかった。ほしがってはいけなかった。響が、求めてはいけないものであるはずだった。

それなのに――。

「ん、あ、ああっ」

扱かれる速度で後ろも突かれ、意思に反して体がひくつく。

もう、長くは耐えられそうになかった。

いけないとわかっていても、みずから腰を動かしてしまう。自分はこんなに、快楽に弱かっただろうか。こんな短い時間のうちに、二度目の頂点を迎えようとしている。

「あ、や、だめ……だ、なおずみ……っ……」

「いいよ、響」

波に呑みこまれるように、迫る快感に追いつかれた。駄目だ、と歯を食いしばる背徳さえも、解放の歓《よろこ》びを強めるだけだ。

怖いほどの愉悦が、全身を襲う。制御できずにふくれる意識が、限界を迎えて白く爆《は》ぜる。

「あ、ああっ――」

体を抜ける快感に震えて、響は達した。

乱れたシーツに、ぱたぱたと白濁《はくだく》が散る。

直純は、前を手のひらで包み込んだまま、後孔《こうこう》への愛撫《あいぶ》もすぐにはやめず、ゆるく抜き挿しを繰り返していた。

浅ましくひくつく内を撫でられ、体を痙攣《けいれん》させながら、響は怯《おび》えた。

とっくに射精は終わっているのに、いつくしむようにあやされる。

こんなのを知ってしまっては、これから先、生きていかれなくなってしまう。直純の指の感触、直純の肌の熱、直純に、与えられる快感――もう二度と味わえないのに、ほしがることは許されないのに、それはあまりに甘やかな毒だ。

そうっと指を引き抜かれると、いっそほっとしたような気がして、響はシーツに崩れ落ちた。

混濁した思考のなかに、金属の触れ合うかすかな音が紛《まぎ》れこむ。涙に翳る目をまたたくと、直純がベルトをゆるめているのが見えた。

「……！」

ぐっと腰を掲げられ、弱々しくかぶりを振る。

「だめだ……、直純……」

「どうして、響が言ったんだよ」

「ちがう、こういうことじゃ……、っあ——」

暴れてももがいても、直純の腕は、咎のように響の体に絡みついてきた。抜け出せない。逃げられない。尻のあわいに、濡れた熱が押し当てられる。ひ、と悲鳴のような声が喉から漏れて、なにをされようとしているのかを理解する。

「いやだっ……！」

叫んだ声は、自分でもはっとするほど、涙を含んで揺れていた。直純も息を呑み、進めようとしていた腰の動きを止める。

「頼む——やめてくれ……」

がくりと枕に突っ伏すと、ひく、と嗚咽《おえつ》がこみ上げてきた。いい歳をした男がみっともないと思うのに、しゃくり上げるのを止められない。

「響……」

あふれだした後悔が、次々と頬を伝って枕を濡らす。

いったい、なにを責めたらいいのだろう。同性の幼馴染みを好きになった自分か、それともその幼馴染みの、友達思いなやさしさか。どうすれば、こんな思いから解放されるのだろう。

ごめん、と響を抱こうとする、男のぬくみが怖かった。逃れようと悶《もだ》えても、また背中から抱きしめられる。

「触んな……！」

「ごめん、響……痛かった？」

「そうじゃねえ……、こんなのは、いやだ……っ」

だるいように体が熱く、感情の制御もままならない。直純に背中を抱かれたままで、ぼろぼろと泣きじゃくる。

直純は、そんな響を離そうとはしなかった。しっかりと腕のなかに抱きしめたまま、ごめん、ごめんねと呪文のようにささやく口で、耳に、髪に、くちづけを落とす。

違う、と響は、声にならない声で言う。

違う、こんなのがほしいんじゃない。同情や友情で、おまえに抱かれたいんじゃない。俺はおまえが――直純のことが、好きなのに。

けれど、いくら叫んだところで、声にならない言葉は届かない。愛した人に愛されたい、ただそれだけのシンプルなことが、自分には叶わない。

泣き疲れ、いつのまにか眠ってしまったようだった。

目を覚ますと、枕もとに置かれた時計の針は、午前四時過ぎを指していた。

直純は、響を抱いて眠っている。

眠る顔は、昼間の精悍《せいかん》さから一転、幼いころのあどけなさを残していて、どうしてこんなことになってしまったのだろうと、余計に泣けた。

直純を起こさないよう、そっと腕から抜け出した。

衣服を整え、部屋を出る。

薄雲に覆われた東京の空は、もうすでに、澄んだ水の色に明けていた。太陽を迎える東の雲は、溶け落ちそうな茜《あかね》に染まり、薄青とのコントラストがうつくしい。

一日の始まりはまぶしかった。朝焼けを見慣れない響は、目の上に手のひらを翳す。

朝が来る。

響が縋ったささやかな星は、もうどこにも見えなかった。


響のスマートフォンが鳴ったのは、八月のはじめの水曜日だった。

『おまえ今、なにしてんの』

受話口から聞こえる真木の声に、寝ぼけ眼《まなこ》でテレビを点けた。ちょうど、午後二時になろうというところだ。

「……寝てた」

『なんでまたこんな時間まで寝てんだよ。昼の二時だぞ、二時』

「うっさいな、年寄りとは違うんだよ」

のろのろと起き上がりながら、二日酔いに痛むこめかみをさする。窓を開けると、八月の、勢いのある青空が広がっていた。

『まあそれはいいとしてだな。出てこいよ』

「なんで」

『メシでも食おうぜ』

真木は、有楽町《ゆうらくちょう》にあるカフェの名前を口にして、ランチ二時半までだからな、さっさと来いよ、と言いたいだけ言って電話を切った。

ツーツーと電子音の鳴るスマートフォンを見て、響はひとり顔をしかめた。

響の住むアパートから有楽町まで、すぐに家を出たとしても、ゆうに三十分以上はかかる。真木も知らないわけではないだろうに、どういうつもりなのだろう。

電車を一度乗り換えて、指定されたカフェに着くころには、ランチ終了時刻を十二分過ぎていた。テラスに席を取っていた真木は、響の姿を目に留めると、「よう」と片手を挙げた。

さんさんと降り注ぐ太陽の下、日本人のくせにサングラスをかけて、ここを西海岸かなにかと勘違いした人のように見える。

「暑い」

なんだってテラスなんか、と響が席に着くと、真木はドリンクのメニューを押しつけてきた。「真木さんなににしたの」と問うと、「スパークリング」と答えたので、響も同じものを頼むことにする。

そうこうしているうちに、ランチのサラダがふた皿運ばれてきた。

真木が、ふたりぶん頼んでおいてくれたらしい。すると、さっきの電話は、単に「急げ」という意味だったのだろう。

「で、なんか用？」

ツナのサラダを頬張りながら、響は訊いた。チリ産のスパークリングは辛口で、灼《や》けつく暑さによく似合う。

「いや、ちょっとなぁ」

「ちょっとって感じじゃねーじゃん、電話なんてしてきてさ」

「ああ」

真木はサングラスを外して、テーブルの上に置いた。

「――それがさ、おまえの初恋の君、見かけてよ」

フォークを動かす手が止まった。

「……え？」

相槌《あいづち》を、うまく打ち損なう。

直純とは、彼の部屋に連れて行かれたあの夜以降、一度も会っていなかった。

あれからもう、まるまる二か月が経とうとしている。

あんな状態で別れてしまって、響から連絡を取れるはずはなかった。さらには直純も、三日にあけず通っていた真木の店に、ぱったりと顔を見せなくなった。

こうなると、直純が響の前に姿を現さなくなった原因は、あの夜の出来事以外に考えにくい。

やはり、ただ魔が差しただけだったのだ。

それとも、好きでもない男相手に喘ぐ幼馴染みの姿を目の当たりにして、幻滅したか。どちらでも、結果は同じだ。

けれど響も人間だ。

たとえ二度目の失恋でも、それなりにダメージは受けた。

負った傷は、終業後、界隈《かいわい》の店を飲み歩くことで癒やしていた。

逃げなくなっただけ、十年前より成長していると思いたい。が、ここのところ酒量が増えていて、どうも最近、深く飲みすぎるきらいがあった。今日の二日酔いの原因も、まさにそれだ。

「……そうなんだ」

響は、できるだけ真木に心配をかけないように、平静を装ったつもりだった。なのに、自分の耳に聞こえた声はずいぶんと弱々しかった。

声をつくろうことを諦めて、響は言った。

「どこで？」

「銀座」

真木は、中央通りにある宝飾店の名前を口にした。ギフトやブライダルジュエリーで有名な店だ。

もしかして、女の子と一緒だったのだろうか。響は、フォークの先を噛む。その懸念を見透かしたように、真木が「女連れだったよ」と宣告した。

「――……あー、ついに来たかぁ」

大げさにおどけた響は、フォークを握ったままテーブルに突っ伏してしまいたくなった。そうでもなければ、やっていられない。

けれど、落ち込む心のどこかで、明るい陽のもとで聞けてよかったと思う。これを知ったのが深夜のバーなら、ちょっとその夜、なにをしでかすかわからない。

「っていうか、真木さんはなんでそんなとこにいんの」

「え、俺？」

真木はいきなり水を向けられて、自分の顔を指差した。

「いやあ、あのへん歩いてたら、室井くんが歩いてんの見つけちゃって。尾《つ》けちゃった」

へらりと笑いながら言うところを見ると、もしかしたら、ひとりではなかったのかもしれない。けれど今は、直純のことしか考えられなかった。

「そっか……彼女、できたんだ」

口に出してみると、す、っとまわりの音が聞こえなくなった。

いつか、こんな日が来ることはわかっていた。それこそ十年前から、心の準備もしていたはずだ。

――直純に彼女ができたら、笑って祝福してやろう。

そう思っていたのに、実際はどうだ。

真木の前ですら、こうして表情を失ってしまう。こんなことではとても本人の前で、笑って「よかったな」などと言えるはずがない。

響の反応を見ていた真木が、「まあ、なんつーか」と口を開いた。

「ほかの誰かから聞く前に、教えてやったほうがいいんじゃねえかと思ってな」

「うん……助かった」

真木には気を遣わせてしまうだろうが、確かに、ほかの人の前でこうなるよりもはるかにましだ。

ウエイターが、パスタの皿を持ってきた。

そのウエイターの顔すら見られずに、響はぼんやり、テラスに面した通りに目をやった。まだ太陽は高い位置にあり、舗装《ほそう》された道路の表面は、影も与えられずに灼けている。

ごゆっくりどうぞ、とウエイターが去ったのをきっかけに、響は自棄《やけ》になって訊いた。

「で、直純、なに買ってた」

こうなったらもう、徹底的に知ってやろうという気にもなる。そのほうが、諦めもつくというものだ。

「それがな」

ところが今度は、真木が言いにくそうに眉根を寄せた。

「なに？」

「うん……その、ブライダルのコーナー、見てたんだよな、室井くん」

そうなんだ、と言おうと口を開いて、吸った息を吐き出せなかった。

これはさすがに、真木も言いにくかっただろう。

だからこそ、呼び出してまで先に教えてくれたのか。

そうと思うと、気を遣わせて申し訳ないと思う以上に、ありがたかった。今でさえこんな状態なのだ。直純から直接聞いてしまったときのことは、もう想像もできなかった。

「そっか……」

ようやく、掠れた声が出た。

フォークを置く。今日はもう、食事は諦めたほうがよさそうだった。

「……ごめん、真木さん。言いにくいこと言ってくれて」

「いや、俺はいいよ？　ライバル減るってだけだし」

真木がまた茶化すように言うのを、響はすっかりうつむいてしまったつむじで聞いた。

「それよりおまえだろ、響」

真木は左手で頬杖《ほおづえ》をつき、右手で響の髪をくしゃりと撫でた。

「――大丈夫か？」

「……無理」

やっぱり、ここで聞けてよかった、と思う。じわりと視界が滲みそうになるが、昼間のカフェだ、と思い直してぎりぎり堪えた。

泣かないかわりに、テーブルに置いた腕の上に突っ伏した。

「ブライダルはなぁ、ちょっと、ヘビーだよなあ」

真木が、いかにも気の毒そうに言った。

「……俺、結婚式とか呼ばれんのかな……」

「そりゃそうだろ。幼馴染みだろ？」

「そうだよなぁ……」

「潔《いさぎよ》く行ってこいって。待っててやるから」

「……どうしよう、俺、絶対泣く……」

「いいんじゃねえの？　友達だろ？　泣いても全然おかしくねえよ」

真木はよしよしと響の頭を撫でると、「俺、好きだった男の披露宴《ひろうえん》で、スピーチしたこともあるぞ」

と、武勇伝を語るように言った。

「嘘」

響はつい、片目を上げた。

「ほんと」

真木は懐かしいような面持ちで、目を細めて響を見た。

「でもな、案外、見ちゃったほうが諦められるもんだぜ。好きな男が幸せそうにしてるの目《ま》の当たりにして、嫁恨んだりできねえもん」

荒療治《あらりょうじ》には違いねえけどな、と笑って、真木はぽんぽんと響の頭を手のひらで叩いた。

「それもそうかぁ……」

響は腕に頬をつけたまま横を向き、明るい通りをうつろに眺めた。

八月の昼下がりだ。

土地柄か、外出中らしいサラリーマンももちろん多いが、大学生らしいカップルや、バギーを押す母親の姿もそれなりに目立つ。

仲よく手をつないでいる学生カップルを見ていると、直純の選んだ女の子ならきっといい子だろうと思えたし、バギーに乗せられた赤ん坊を見ていると、直純の子どもなら、絶対に可愛いだろうと思えた。

真木の言うことも、一理ある。

まったく傷つかないというわけにはいかないが、こうなってみれば、確かに具体的な姿を見ることは、未練を断ち切るきっかけにもなるのではないかと思えた。

「恋の傷……」

響は、力なく真木につぶやく。

「受けたら、癒やしてくれるんだよな？」

「おう、いつでも来い。初恋なんて忘れるくらい、ベッドで可愛がってやるよ」

「もー、そういうの、しばらくいいって」

もう当分誰も好きになんない、とまた腕に顔を埋めると、真木が、くははと笑うのが聞こえた。

と、そのときだ。

テーブルに置いていた、響のスマートフォンが震えだした。突っ伏していた響は、驚いて顔を上げる。

「お、噂をすれば」

画面に表示されている発信者は、直純だった。

ほぼ二か月ぶりに、連絡をくれていることになる。

「見んなよ、プライバシー」

響は、真木の視線からかばうようにスマートフォンを手に取った。

「プライバシーなんてあると思ってんのか、飼い主様に対してよ」

真木を戯れに睨《にら》みつつ、受話の動作に勇気がいった。なぜ今、と考えてしまうと、電話に出るのも躊躇《ためら》われる。

「なんだよ、出ていいぞ」

「うん……」

なんとなく、真木の口調を「出ろ」に近く感じて、響は受話の表示をタップした。「案外、見ちゃったほうが諦められるもんだぜ」という真木の言葉を、お守りのように思いだす。

『――もしもし？　響？』

「……直純……」

二か月ぶりに聞く、直純の声だった。

『ごめんね、突然。今、大丈夫？』

「……うん、大丈夫」

実際に、彼女といるところを目にすれば、諦められるかもしれないと真木は言った。

けれどこれは、なかなか難航しそうだ、と響は悟る。

だって声を聞くだけで、こんなに胸が、甘く痺れたようになる。どうしようもなく、響はいまだに、直純のことが好きなのだ。

『響、今、もしかして外？』

「え？　ああ」

『どこにいるの？』

「あ、ええっと……有楽町のカフェで昼食ってる」

『有楽町？　ひとりで？』

電話越しに表情が見えなくて、たたみかける直純の意図がわからない。

「いや……真木さんと、ふたりだけど」

『真木さんと？』

直純の声が急に険しくなり、響は少しうろたえる。

そういえば、直純と真木だって、あの夜、店であまりいいムードでは別れなかった。まして直純は真木のことを、響と小野寺に二股をかけている男だと勘違いしている。

『やっぱり』

「は……？」

直純は、電話の向こうで、ひとりなにかを得心《とくしん》したようだった。

『ねえ、響。ちょっとそこで、真木さんと待っててくれない？』

「へ？　なんだよ、おまえ……」

デートしてるんじゃねえのかよ、と、響が言いあぐねるようなまもなく、直純がきっぱりとした口調で言う。

『いいから。どこにいる？　なんていうお店？』

強い口調に仕方なく店名を伝えると、『わかった。調べてすぐに行くから待ってて』と厳命される。

なにがなんだかわからなくて、直純との通話が切れても、響は困惑したままだった。

「なんだって？　室井くん」

「はあ……」

切れてしまった電話の表示に、首をひねる。

「なんか、今から来るって言ってんだよ。真木さんと待ってろって」

「へえ？」

真木は頬杖をついたまま、にやりと口の端を吊り上げた。その反応を見て、直感する。

「もしかして真木さん、なんか嘘ついてない？」

「いーや、嘘はついてねえよ？」

頬杖とは逆の手のひらを、顔の横でぴらぴらと振ってみせる。怪しい。

「なんだよ、ずりーだろ」

「なにがだよ」

「なんか隠してんだろ」

「えー？」

押し問答をしているうちに、目の前の通りを走ってくる人物がいた。直純だった。

「響っ」

姿を見るのは、ふた月ぶりだ。

今までは十年会っていなかったのに、響はずいぶん、贅沢《ぜいたく》になってしまったようだった。直純に、たった二か月会わなかっただけで、こんなにも会いたかったのだと実感する。

けれどその手もとには、さきほど真木が彼を見かけたという宝飾店の紙袋があった。

彼女のためのものだ、と思うと、甘酸っぱいものが広がっていた胸に、じわりと苦いものが滲む。

やはり真木が見かけたのは、人違いではなかったのだ。

響が呆然としているあいだに、直純は店内へと入ってきた。

「直純……」

立ち上がり、名前を呼ぶのが精一杯だった。

「響——」

全力で走ってきたのだろう、うっすらと額に汗を浮かべて、直純は響のほうへと歩み寄る。

「デートのほうは、もういいのか？」

真木は座ったまま、明らかに故意で煽《あお》ろうとする。直純は直純で、かすかな敵意を眉間にたたえ、真木を軽く睨めつけた。

「ええ、昼までっていう約束でしたから」

——認めた。

目の前がふっと暗くなりかけて、響は踏みとどまる。さっき、真木が事前に伝えてくれたことを、不意にするところだった。

せっかく、直純に彼女ができたのだ。

直純が幸せになる第一歩だ。一生懸命、自分にそう言い聞かせる。

ところがその直純は、厳しい口調で真木に言った。

「それよりあなたですよ、真木さん」

直純は真木を、糾弾《きゅうだん》するように見据えていた。そのあとですぐ、響のほうに向き直る。

「やっぱり、駄目だよ。響、真木さんとは別れてほしい」

「……って、おい」

どうやら響は、ひとりだけ状況の理解が遅れているらしかった。

真木はテーブルに頬杖をついたまま、にやにやとこちらを見上げている。一方の直純は、なぜか響に、真木と別れろと詰め寄ってくる。

「いきなりそんなこと言われても、なにがなんだかわかんねえよ。わかるように説明しろよ」

響の訴えに直純は逡巡していたが、やがて思い切ったように一度目を閉じ、短く息をついた。

「そうだよね」

直純は目を開けると、響ではなく、真木のほうに視線を向けた。

「真木さん、こみ入ったことをおうかがいしますが、さっきお会いしたときに一緒にいた男性とは、どういう関係なんですか」

「えーっと、友達以上で恋人未満、っていうか」

真木は、面白がっているのだろう、のらりくらりとはぐらかす。

「もー、真木さんはまた……」

こんな事態だというのに、なにを考えているのだろう。響がじっとりと見やると、真木はふと自嘲的な笑みを浮かべて、こちらを見返す。

「だって俺も、報われない恋ばっかりじゃ寂しいからな」

「……？」

どこかで聞いたことのある台詞だった。

考えるそばから、二か月前のあの夜の、自分の言葉だと思いだす。好きな人のかわりに、いっそほかの人になぐさめてもらおうかと一瞬だけ考えた、あのときの――。

「……もしかして真木さん、俺のこと」

本気だったの、と聞く勇気はなかった。

なによりも、真木の視線がその証拠だ。

好きな人が、自分ではない人のことしか見ていない――そのやるせなさは、今、まさに響も味わっているからこそわかってしまう。

ひどいことをしてきた、という自責が響の胸をよぎる。いつから？　もしかして、最初からだったのだろうか。

けれど響は、そのことについて考える時間さえ、この場では与えられていないようだった。

隣に立っている直純が、響の腕を取る。

「ねえ、響。俺はやっぱり、恋っていうのは、想い合ってこそ幸せになれるものだと思ってるんだ。俺はね、響に、幸せになってほしいんだよ」

直純の言い分は、この場にいちばんふさわしくないような気さえした。

響だって、好きな人に想われたい。けれど、その好きな人――直純に、自分のほうを向いてもらえないからこそ、つらい思いをしているのだ。

そのせいで、自分を守ってくれていた真木まで、こうして傷つけてしまった。

「……なんで、直純にそんなこと言われなきゃいけねえんだよ」

「だって、響のことが、大切なんだよ」

直純は、響の手を取り言い募る。

「響を大事に思って、幸せにしてくれる人なら、俺だって反対なんかしたりしないよ。でもやっぱり、俺はこういうのは違うと思う。たくさんの人のなかのひとりじゃなくて、ちゃんと愛してくれる人と一緒にいてほしい」

「――っ……」

本当に、ひどいやつだ。

どの口がこんなことを言うのだ。

響だって、できるなら、たくさんの〝友達〟のなかのひとりじゃない、ちゃんと〝恋人〟として、愛し、愛される関係の人と一緒に幸せになりたい。そうしたいと思う唯一の男、直純に、どうしてこんなことを言われなくてはならないのだろう。

体のなかで渦巻いていた感情が、かっと沸《わ》き立つようだった。

「おまえが、俺の恋に口出せる筋合いじゃねえだろって言ってんだよ……！」

響は、直純が持っていた、鮮《あざ》やかなターコイズ・ブルーのショップバッグに目をやった。

くちびるを噛みしめると、顔全体がくしゃりと歪んだ。鼻の奥がつんとする。

「――そうだよね。今までちゃんとけじめつける勇気のなかった、俺が言えることじゃないね」

直純は、案外あっさりと白状した。

響の視線の先を見て、直純は、ショップバッグからケースを取り出す。

「このあいだ、響が泣いたのはどうしてだろうって――ずっと、考えてたんだ」

直純は、反省しているというように、しゅんと肩を落として言った。

「どうやったら俺の気持ち、わかってもらえるんだろうって、この二か月ずっと考えてた。答えの出ないうちは響に会えないと思って、それで……」

響は目を見張った。

予想しない方向に、話が展開しはじめている。

どういうことだ。

あの夜以来、直純が響を避けていたのは、現実を目の当たりにして、もう自分とかかわりたくないと思ったからではないのか。

直純は、伏せ気味にしていた顔を上げた。

「響、昔、言ってくれたよね。相手に好きな人がいたって、言ってみないとわかんないって」

「あ、ああ……言ったけど」

高校生のときの話を、よく覚えていたものだ。

直純はそれを聞き、満足そうに表情をゆるめた。

「そうだよね。だから俺も、響がたとえ、真木さんのこと好きなんだとしても、ちゃんと言わなくちゃと思ったんだ。このあいだだって、誰でもいいっていうわりに俺のこと受け入れてくれなかったのは、俺がちゃんと、本気と誠意、見せられてなかったからだよね？」

「――……え？」

なにか違うぞ、と言う前に、直純がジュエリーケースの蓋を開けた。ケースのなかには、シンプルな銀色の指輪がおさまっている。

「だからこれは、響に。……触るよりも先に、俺の気持ち、ちゃんと伝えてなくてごめんね」

直純は、厳《おごそ》かにケースから指輪を取り出すと、響の左手の薬指にはめた。

「ちょ……っ、待て！」

「えっ？」

響は今、指輪をはめられた手を直純の目の前に突き出した。

「こ、これ、一緒にいた女の子にあげるんじゃ……」

直純は目を丸くして、なぜ知っているのかという顔をする。が、隣でにやにやしている真木を見て、ああ、と納得したようだ。

「違うよ、あれは俺の職場の先輩。今日、うまく休みが重なったから、一緒に指輪、選んでもらったんだ」

「先輩……？」

「そう。彼女、最近婚約したばっかりでね、今、俺の知り合いのなかで、いちばん幸せそうにしてたから」

いよいよもって、わけがわからない。

怪訝な顔をしていると、直純が言葉を継いだ。

「俺が本気なこと伝えるにはどうすればいいか、相談してたんだ。それで、彼女が旦那《だんな》さんに指輪買ってもらったっていうお店、紹介してもらって」

「そ……それにしたって、サイズは」

「ああ、それは、真木さんから」

「真木さんが？」

真木のほうに目をやると、彼はにやにや笑いながら「そう」とうなずいた。

「デート中に室井くん見つけて、ブライダルのサロンまで乗りこんだからね」

「まあそれで、俺が勘違いしちゃったんだけど。このあと、響に会うって言ってたし……」

直純は、照れたように鼻の頭を掻いた。逆にこれまでの流れを、照れずにこなしてきたことに感嘆する。

「っていうか、なんで真木さん、俺の指輪のサイズなんか知ってんの」

「それは秘密」

真木はおどけて、くちびるに人差し指を当てた。

「俺もどうしてか気になるんですが」

直純は、ちょっと拗ねたように口を尖らせたものの、すぐに笑みのかたちに解く。

「まあいいや。真木さんだって気が多いだけで、響のこと大切にしてるのはわかるし」

ライバルだからね、と小さく笑うと、直純は、さきほど自分で指輪をはめた、響の左手を取った。

「響」

指輪をはめた手を引かれ、もう一方の手に腰を引き寄せられる。

「――好きだよ」

ささやく声に、甘い記憶が蘇る。

十八歳のクリスマス、直純と、息の触れ合う距離にいたときのこと。あのころと変わらない琥珀の瞳が、自分の姿を映している。

「響……ずっと、好きだった。これからも、愛してる」

響の手を包む手のひらから、直純の体温が伝わってくる。

どうやらこれは現実らしくて、今、自分は直純に、告白されているのだとわかった瞬間、全身の血が沸騰《ふっとう》しそうに熱くなる。

「あーあ、見てらんねえなぁ」

声にそちらを振り向くと、真木はどこかすっきりした顔つきで、席から立ち上がるところだった。

「これで俺は、完璧に失恋ってところかな」

真木はにやりと笑って、響の前髪をさらりと撫でた。

「室井くんに泣かされたら、俺んとこ来いよ。大人の恋を教えてやるよ」

「残念ながら、真木さんの出番はありませんよ」

真木の手から奪うように、直純に手を引かれる。

そんなふたりのやりとりを、響は他人事のように聞いていた。


まだ現実感を持てない響をもどかしく思うように、直純はタクシーで部屋へと行った。

部屋のドアをくぐるなり、左手の薬指にキスを落とされる。そのまま響を寝室に連れて行き、さっそくベッドの上に転がそうとする直純に、全力で抵抗した。

「ちょ……っと、待てって！」

「やだよ、何年待ったと思ってるの？」

「や、だから……話がわかんねえって。どういうことか説明しろよ！」

ようやく直純の手を振り切ると、はあはあと息が上がっていた。

「わかんない……って、なにが」

「いや……あの、おまえ、俺のこといつから……？」

直純は、「いつからかなあ」などと言いながら、首をひねる。

「ずっと前から好きだったから……でも、友情じゃなくて恋愛感情で好きなんだって自覚したのは、高校生のときだよ」

「高校生？」

「そう。響、俺のはじめてのお客さんになってくれたでしょ。ビーフシチュー」

「え、あのとき……？」

「うん。響、俺のビーフシチュー食べてくれて、『うまい』って笑ってくれたの、あの笑顔が可愛くて、ああ、好きだなって思ったのが最初かな」

「は……そうなんだ……」

知ってしまうと力が抜けて、くたくたとベッドサイドに腰を落としてしまった。

直純も、ベッドの脇に膝をつく。

「響に、俺のつくったもの食べてもらえたのが、すごくうれしかった。おいしいって言ってくれて、愛しいって思った。だから、俺、一生、この人が喜んで食べてくれるものつくろうって思えて――そんな気持ちにさせてくれる響のこと、特別に好きなんだ、って思ったんだ」

直純は、手にした響の手のひらを、自分の頬にすり寄せた。

うっとりと自分の瞳を見つめる視線に、心臓がきゅんと鳴く。騒ぎだす胸をごまかすように、響はあわてて追及した。

「だっておまえ、高校生のとき、好きな子いるって……」

「響のことに決まってるでしょ。なんとなくそうかなとは思ってたんだけど、やっぱり響、俺の気持ち、全然気づいてなかったんだね」

はあっ、と直純は大仰なため息をついた。それはそうだろう、と言いたいが、反論する言葉も出ない。

直純は続ける。

「俺、けっこうがんばってたと思うんだけどな。響が、堂々としてればかっこいい、しゃんとしてろよって言ってくれたから」

「そ、そりゃあ……」

かっこよかった。男の自分が惚れてしまうくらいには。

けれど今、この状況で、そんな恥ずかしいことを言えるはずがない。

響がひとりで頬を熱くしていると、直純は、ふと眉をひそめ、頬に当てていた響の手をきゅっと握った。

「――だから、響に避けられてるって思ったときは、すごく悲しかったし、怖かった。俺は響のこと、友達としても大事にしていきたいって思ってるけど、こうやって触ったり、触られたり、恋人としてもつき合いたいって考えてたから……もしかしたら響、それに気づいて、気持ち悪くなっちゃったのかなって」

その感情は、響もよく知っている。

幼馴染みに、恋愛感情を抱いてしまったやるせなさ。性的な目を向けてしまうことの罪悪感。

響が抱えていた想いを、直純も同じように味わっていたというのだろうか。眉根を寄せた直純の顔は、切なげに見えた。

「でも俺は、響から離れるなんて考えられなかった。だから、高三のときのクリスマスには、ちゃんと響に好きになってもらえるまで、友達でいようって——そう決心して、響に会いに行ったんだ」

響は唖然《あぜん》として、口を開けた。

「それで、友達でいて、とか言ってたわけ……？」

そう、と直純はうなずく。

「でも——情けないよね。嫌われてたんじゃなかったってわかった瞬間、響が告白の練習しろとか言うから。言っちゃったら、止まらなくなっちゃって……」

直純は、響の手をより強く頬に擦りつけ、縋《すが》るように目を閉じた。

「……ごめんね。あのころも今も、俺、響に触りたくてしょうがない。響にちゃんと想ってもらえるようになるまで、こんなことしちゃ駄目だって思ってるのに——いつも、我慢できなくなる」

——響のことが、ほしいんだ。

熱いため息のように、目の前の男は言った。

全身で求められていることを肌で感じて、血の温度がかあっと上がった。

「卒業式の日、高校生活最後の日だからと思って、告白したくて響のこと探したんだ。でももう、響、学校にはいなかった。でも家に帰ったらまた会える、隣同士なんだからいつだって会えると思ってたら、響はあの街から消えちゃってたんだよ。あんなにずっと、近くにいたのに、俺、なにしてたんだろうって……それからずっと、響のこと、捜して……」

「直純……」

そっと、目の前にいる幼馴染みの頬を撫でる。

すると直純は、なんだか泣きそうにも見える顔で笑った。

「響に会えないあいだ、俺もちょっとがんばったんだよ。響に少しでも、かっこいいって思ってもらえるように」

「……かっこいいよ。直純は、いい男だ」

「響……」

直純は、響の頬から手を離した。ベッドサイドから立ち上がり、響の隣に腰を下ろす。

「――触っても、いい？」

こくりと首を縦に振ると、直純の手のひらが、おそるおそる、響の頬に触れた。

ため息が、直純の口からこぼれる。その吐息に聞き入っていると、直純の体がぐっと近づいてきて、そのままきつく抱きしめられた。充足感に、胸が詰まる。

しばらくののち、直純はそっと体を離すと、いとおしげに響の髪を指先で梳《す》いた。大切なものを触るみたいに、耳殻を手のひらでやさしく包む。

「――好きだよ、響」

直純の、くちびるが動いた。

「好きだよ、響。ずっと……好きだった」

ああ――と、熱い感情の奔流《ほんりゅう》を、響は感じた。

求めていたのは、これだった。

好きな人に、好きだと言われる。

ほほえみを交わし、キスをして、おたがいの体に腕を回して、抱きしめ合う。

愛した人に、愛される――そんなこと、自分にとっては奇跡だと思っていた。

「……なかなか、いいじゃん。告白、俺が、ちゃんと教えてやったおかげだな」

ふざけていないと、泣きそうだ。

自分の顔が、直純の瞳に映る。その自分と、まったく同じ表情の直純が、響の頬をいとおしげに撫でていた。

「なんだか、ずいぶん遠回りしたね、ふたりとも」

「……うん」

「——キス、していい?」

視線だけで、うなずいた。

直純の両手に頬を挟まれ、くちびるを合わせる。

おたがいの体温を、粘膜に触れて知る。

最初は軽く、角度を変えて、もっと、深くしたい、と思った瞬間、後頭部を手のひらで支えられ、直純の舌が、響の内側へと入りこんできた。

「ん……っ」

ゆっくりと、舐め溶かされるように長いキスだった。

くちびるをなぞり、舌で抱き合い、くすぐりあう。甘く湧き出る唾液をすすられ、同じことをし返した。

そっとベッドに押し倒されるころには、おたがいの素肌が、ほんのりと火照っていた。それが、洋服の上からでも伝わった。

直純に組み敷かれるのは三度目だ。

一度目はフローリングにぶつけられ、二度目は制服を中途半端に脱がされた。

三度目の正直で、ふたりとも生まれたままの肌を晒《さら》すと、なんだか、本当に遠回りしてきたんだなという気がした。どきどきするというよりも、ああ、よかった、やっとここに来られたんだと、ほっとした。

組み敷かれるのは三度目でも、恋人としておたがいの裸を見るのは、はじめてだ。

幼馴染みだし、男同士だし、たがいの裸は何度も見ている。

けれど恋人として見る肌は、なまめかしくて、扇情的《せんじょう》で、これから自分たちは、恋人として生きていくふたりなのだということを実感する。

ただ肌を触れ合わせ、キスをするだけで、うっとりするほどに気持ちがよかった。

日中の光がカーテンを透かし、部屋のなかを波間のように揺らしている。

とろとろとぬるい時間がもったいないような心地がして、相手の輪郭を確かめるように、さすり、撫でて、戯《たわむ》れた。

じゃれ合いのような時間が色を濃くしたのは、直純のくちびるが、響の耳たぶに触れた瞬間だった。

ふ、と吐息《といき》を吹き込まれ、濡れた感触が押し当てられる。

脳に近いところに与えられた刺激に、体がひくんと反応した。

「……っ、あ……」

「響……」

それが合図だったとでも言うように、直純は、子どものようにころんと転がっていた響の体に、しっとりと汗ばみはじめた体で圧をかけた。

シーツに仰向けに寝かされて、直純にのしかかられる。

いっそう深いキスにとろかされ、響の左手、直純の右手の指を、絡めあう。

響は右手を、直純の首すじに回した。直純の左手は、響の胸をまさぐっているうちに、淡い色づきを見つけ出す。

「……っ……」

「響、こないだもここ、よかったよね」

「ん……」

「もっと、よくなるよ」

「……っ、あ……」

直純の、繊細な指につままれる。自分で触れてもなんとも思わないその場所に、ぽっと情欲の火が灯るのがわかる。

響は、誕生日に食べるケーキを思い出した。歳の数だけろうそくを立て、ひとつひとつに、橙色《だいだいいろ》の火を灯していく。

「ね、響、なに考えてるの」

ひとりで感慨にふけっていたことを叱るように、直純が、響の首すじにくちづけてきた。

「……ん、ケーキのこと」

「ケーキ？」

「そう。誕生日のケーキ、ろうそく立てるじゃん」

「うん、立てるね」

「あれ、ちっちゃいころ、おたがいの誕生日のやつ、ずっと見てきたろ。ああいうこと、またできるんだなと思うと――なんか、うれしい」

「……うん、そうだね」

直純はうっとりとほほえむと、響の左手を取って、薬指に、またキスをひとつ落とした。

「今日からは、記念日、増えたよ」

「ああ、そっか」

「毎年ふたりで、お祝いしようね。これから、ずっと」

「うん……っ、ぁ……」

薬指へのキスは、鎖骨のほうへと移動した。

応える言葉は、色めいた体のうねりに呑みこまれていく。

直純の、かたちのいいくちびるが、鎖骨を撫でるように辿った。胸へ移ったくちびるは、ちゅ、っと音を立てて強く吸い上げ、淡い花びらのような痕を残す。そのまま、腹へ、下腹へと降りて行きながら、響の体を、拓《ひら》くように暴いていく。

「響……綺麗だ……」

熱に浮かされたような声だった。快感の予兆が、さわりと肌を波立たせる。脚を開かれ、ゆるく下《した》生《ば》えをかきまぜられると、体の芯がどうしようもなくざわめく。

「直純……」

「うん」

実ったものを、やんわりと手のひらに包まれ、扱かれた。

「ん……あぁ――……」

すでに十分反応していた昂りは、透明な蜜をこぼしはじめる。

蜜を手のひらで伸ばしながら、幹を、裏のすじを、絶妙な感覚で擦られる。

あふれた先走りを絡めるように足し、先端の張った部分、そこからくびれるあたりを弄ばれると、濃密になる愉悦の気配に喉が震えた。

「達《い》きたい？」

「……っ、……まだ……」

「そうだよね、もうちょっと」

直純の頭が、脚のあわいのほうへ下りて行ったかと思うと、太腿にキスをされた。そこにも痕を散らしながら、大きな手のひらが膝から腿を這《は》い上がり、中心に到達する。

「ん、んっ――」

握りこまれた先端に、くちびるの粘膜が吸いついた。尻を揉むようにしてつかまれると、屹立《きつりつ》は、あたたかい粘膜のなかに呑みこまれる。

「ん、あぁ、あああっ……」

器用な舌に、先端の溝《みぞ》を撫でられ、つつかれる。

くびれた部分に唾液をまぶされ、舌の腹を密着させて吸い上げられると、まぶたの裏で、小さな快感がちかちかと跳ねた。

「も……あ、ぁ……それ……っ……！」

だめだ、と限界を訴えてかぶりを振ると、直純は脚のあいだから顔を上げた。

「口で達くのは、また今度ね」

響のことが、いとおしくてたまらないというふうに、響の体を抱きしめる。

くちびるを、深く重ねた。

けれど響は、解放の前に放っておかれた中心が、もどかしくて、どうにかしてほしくて、そわそわと腰を揺すってしまう。

それを小さく笑われて、拗ねると「ごめん」と、抱きしめられた。

背後に手を回されて、狭間《はざま》を指で探られる。

「今日はここ……いい？」

前回、響が拒んだので、慎重に進めてくれるのだろう。

うん、と額を合わせると、直純はまた軽いキスをして、ベッドサイドの棚から、ローションを取り出した。

「直純……」

「え？」

「おまえ、こないだも思ったけどさぁ……」

「なに？」

ボトルの中身を指先にまとわせながら、直純はきょとんとした。

「男としたこと、あんの？」

「男とは、ないよ」

きっぱりと即答されて、それはそれで驚く。

「じゃあ、なんでやりかた知ってんだよ」

「調べたから」

「調べた？」

「そう、ネットで」

腰の横に手をつかれて、楽な姿勢を促される。

「ネットかあ」と妙な感銘を受けながら、手のひらであたためた潤滑剤《じゅんかつざい》をじっくりと下肢に塗り込められて、ん、と甘い息が漏れた。

「じゃあ、男とのはじめては、俺？」

「そうなんだ。だから、こないだ、痛くしちゃったんじゃないかって、心配で……」

すっと遠慮がちになる手つきに、笑みがこぼれる。

やさしい直純らしいが、今日とこのあいだでは状況が違う。

「痛くねえよ。少々のことで壊れたりしねえって、男なんだから」

「響……」

「それより……」

響は、向かい合う男の肩口に、鼻先を寄せた。

裸の背中に、腕を回す。

直純の、肌のにおいがする。熱を感じる。自分を求めてくれようとする、欲を感じる。

どんなに求めても手に入らないと思っていた、愛しい男の体が、今、自分の腕のなかにある。

「……おまえがいてくれるってだけで、俺は幸せ」

「響……」

抱いていた体に、抱き返された。ぎゅう、と抱きつぶされそうに強く抱かれて、多幸感に窒息《ちっそく》しそうになる。

「ねえ、響」

「ん？」

「今日は、響の好きなとこ、ちゃんと言って。俺、覚えるから」

湿った額にくっつく髪をかき分けられて、やさしいキスを落とされる。滴《したた》り落ちそうなほどに情欲をたたえた茶色い瞳が、響を甘く見つめている。

「響のいいとこ、教えて。気持ちいいことだけ、いっぱいしてあげる」

雄《おす》めいて低い声に、獲物を狩る本能が、直純の奥にも潜《ひそ》んでいることを感じる。

直純は、ローションをまぶした後ろに、指の腹をすべらせた。

色めいた欲をもって触れられて、体がわななく。

「……ん、っ」

ゆっくりと辛抱強く、そこをほころばせようとする愛撫を受ける。

ローションのぬるつきを借りた指先に、揉むようにしていじられていると、ひく、と吸いついてしまう瞬間がある。

直純は、その動きをていねいに拾っていった。

細かい動きを試し、響の反応を見て、確実に、響を高める動きを習得していく。

「だんだん、やわらかくなってきたね」

「……ん、あぁ……」

「——指、挿《い》れていい？」

興奮を抑えた声に、腰の奥が重く痺れる。

うなずくと直純は、指先にぐっと力をこめた。じわじわと、決して急がず進んでくる。ひさしぶりに異物を受け入れるそこは、反発しながらも徐々に指を呑みこんでいく。

「……ぅ、あ」

「響……痛い？」

「いや……」

「ゆっくりするから……」

指で行けるいちばん奥に、直純が行き着いた。

指は少しのあいだ、狭いところに馴染むようにじっとしている。が、響の快感を探しに動きはじめたのはそれからすぐだ。

中に挿れたまま、少しずつ場所を変えてかき回されて、くちびるから愉悦が漏れる。

「……っ、あ……」

前に探り当てた、いい場所もきちんと覚えているのだろう。

どこをどう攻めるのがいいか、角度は、強さは、指の本数は、と、執拗《しつよう》にも思えるほどに、直純の指は響のなかを蠢《うごめ》く。

息が上がると、直純が様子をうかがって顔を見る。

つらいわけではないのだと、わかってほしくて、頬を撫でてやる。

すると直純は、響のなかの、いいところを刺激して、響を喜ばせてくれる。体を使って、やりとりをしている感じがいとおしい。

好きだ、抱きしめたい、と、体がきゅうと締まったとき、直純の指先がぐっと曲げられ、どくんと官能の種が弾けた。

「……っ、ああっ……！」

「響？　今の、よかった？」

「ん……っ、ぁ、いいっ……」

直純は響の反応を逃さず、突きこむ指を増やしてくる。

「ね……響、ここ？」

「ん、あぁっ、そこ……」

ねだるように腰を揺らすと、求めたとおりに与えられた。

どうしようもなく感じてしまうところを、いちばんいい角度で突かれる。

息も、体温も、もう自分の制御下にはない。直純の手に、翻弄される。直純の手に、与えらえるものに酔いしれる。

「あぁ、あっ……」

「ねえ、響、気持ちいい……？」

「んんっ、あ、いいっ……」

「可愛い……」

ちゅ、っと耳たぶにくちづけられて、また後孔を締めてしまう。

すると、ぬるつく水音とともに抜き挿しされる指がよりいっそう響を甘く苛んで、高まる熱を持てあましはじめる。

「は、ぁあっ、なおずみ……」

「うん？　なに」

「もうっ……」

来てくれ、と首すじに縋った。

「――わかった」

待ってて、と耳もとに声を注ぎこまれると、焦《じ》らされた内壁《ないへき》が、奥へと誘う動きをするのがわかる。

直純は、ベッドサイドからゴムを取った。それを見た響はパッケージを破ろうとする手を止めて、
素直な望みを口にする。

「今日は、なくていい」

「えっ？」

「――おまえのこと、全部くれ」

「響……」

直純が、感極まったような表情を浮かべている。それを見て、今さらながら自分の言ったことのはしたなさを自覚して、頬が燃えるように熱くなった。

「い、今のは……！」

「うれしい」

言い訳をする前に、がばりと抱きこまれてしまった。

広い胸板に包まれて、指先で髪を梳かれ、頭に鼻先を埋められる。

「……ありがとう、響」

「直純……」

「でも、限界」

「え？」

「ごめん――やさしくしたいけど、ちょっと無理かも」

「……っ……！」

指を引き抜かれ、少しだけ強引な動きに胸を打たれた。胸がきゅうっと痛いくらいに、好きだ、という気持ちがあふれる。

膝裏に手を差し入れられ、拡《ひろ》げられた。

愛されてとろける場所に、ローションを足したものを宛《あ》てがわれる。

「いくよ、響……」

「あぁっ……」

ぐ、っと響を押し拓くものは、硬く熱く、漲《みなぎ》っていた。体いっぱいにそれを感じて、直純も自分を求めてくれるんだ、とまた体が甘く鳴く。

「は、ぁ、なおずみっ……」

感じ入るほどに、受け入れる場所はぎゅっと締まった。

直純のかたちを、よりはっきりと覚えてしまう。なかをかき分けていく直純が、く、っと息を詰まらせた。

「……っ、響――」

最奥に辿り着くと、そこから少しずつ、さざ波のように揺すられる。

だんだんに大きくなる抽送《ちゅうそう》の幅が、快感の高まりに比例する。

「あ――ああっ……！」

求めるほどに、与えられる。それをおたがいが、感じ合える。すべてを受け取り、差し出せる相手が、目の前にいることがうれしい。

「あぁ、あっ……いいっ……」

「ほんと……？　っ、俺も……」

小さく呻く声を上げ、直純が、いちばん奥まで突き入れる。

心もとなくなるほどの快感が迫り、響は直純の背中をかき抱いた。

直純の両腕は、それに応えて、しっかりと響のからだを抱く。

「響……っ、響……」

突きこまれながら、切ない声に名を呼ばれる。

「好きだよ……好きだ……っ、響……」

「なおずみ――っ……！」

響のなかにいる直純が、嵩《かさ》を増したように感じた。

ふたりのあいだで、揺れる性器を握られた。透明な蜜を噴きこぼしているそれを擦りたてられ、重さを伴い、深く突き上げられる。

「あ、あっ——、や、あ、も……うっ……」

逆らえない、力の奔流がやってくる。限界だ。

「い——いく……っ……！」

「響っ……俺も、出すよ——っ」

「あ、あっ……ああっ——……！」

世界に放り出されるような感覚を、愛する男の腕につなぎとめられた。たがいにしがみつくように、汗に濡れた肌を重ねる。

内側に、求められた証《あかし》を注ぎこまれているのを感じる。

覆いかぶさってくる愛しい重みを、響は自分の両腕で、しっかりと抱きとめた。


目を開けると、空は夕焼けの橙に燃えていた。

部屋のなかは、まるで蜂蜜に浸ったような黄金色に満ちている。

響はあのまま、眠ってしまったようだった。

快感の余韻《よいん》に体はだるく、ぼうっとしている。目をしばたたくと、焦点の合ったところに、すでにきちんと服を着こんで、ベッドサイドに座る初恋の相手の顔があった。

「目、覚めた？」

「ああ……」

「声、嗄《か》れちゃってるね」

直純が、響の髪を指先で弄《もてあそ》びながら、とろけそうに目を細めた。

「誰のせいだよ」

「えっ、俺？」

「バカ、ちょっと自慢に思ってもいいとこだぞ」

きょとんとする直純の顔がおかしかった。

片手を伸ばして、首すじを引き寄せる。くちびるに軽く、キスをする。すると、体に腕を回されて、額にやさしくくちづけられた。

じゃれ合うようなやりとりがくすぐったくて、ずっとこのままでいたいと思う。

ずっと、このままで——そう思ったところではたと気づき、響はシーツを跳ね除ける勢いで起き上がった。

「仕事！」

「えっ？」

「やっべえ、今何時!?」

あわてて時計を見ると、すでに出勤時間を過ぎている。

取るものもとりあえずベッドを下りようとすると、直純が、「それなら大丈夫」と自分のスマートフォンを差し出した。

「俺のとこにも、真木さんから連絡来てるから」

促されて画面を見ると、そこには《店主失恋につき、本日休業いたします》の張り紙が貼られた、真木の店の入り口の写真があった。ほかに言いかたはなかったのか、と呆れる。

「……なんだよ、びっくりしたー……」

ほうっとため息をつきながら、ベッドにどさりと舞い戻る。すると、直純もあらためて画面を見ながら嘆息した。

「俺、真木さんの店、出禁になるかなぁ……」

「は？　なんで」

「だって、オーナーシェフの想い人、恋人にしちゃったんだよ？　俺、真木さんのこと、店の経営とか料理の面では、すっごく尊敬してるから。いつか響と店出すときには、あんな店にしたいなあって思って……」

いろいろ相談したかったのになあ、とぼやく直純を見て、響は思わず、噴き出した。

「笑わないでよ。こっちは真剣なんだよ？」

拗ねる直純が、やけに可愛い。

笑いが収まらない声のまま、響は言った。

「安心しろよ。出禁ってことにはなんないから」

「どうして？」

「それ。その写真」

響は、直純の手のなかにあるスマートフォンの画面を指差す。

「おまえにも送ってきたってことは、『気にすんな』ってことなんじゃない？　大丈夫だよ、そういうとこ、根に持つような人じゃねえって」

「それならいいんだけど……」

直純は納得しかねるようにもう一度画面を見た。

メッセージには写真だけが貼られていて、本文にはなにも書かれていない。

休業の理由は、きっと真木が落ち込んでいるからとか、そういうことではないはずだった。

真木のことだから、響と直純がこういう展開になるのを予想して、気を利かせてくれたのだろう。

真木だってつくづく、もったいないほどいい男だ。

そんなことを考えていると、直純が、「ねえ」と響のほうに真剣な目を向けるので、どきりとした。

「響と真木さんって、ほんとはどうなってたの」

「え……？」

今まさに考えていた男のことを指摘され、ついうろたえてしまう。

「さっきの感じじゃ、つき合ってはなかったみたいだけど……真木さんのほうは、絶対に響のこと好きだったよね？　今の言いかただって、響、真木さんのこと、すごく信頼してるみたいに聞こえたよ」

「あー、それは……そうだけど」

「もしかして……」

最悪の事態を想像したのだろう直純が、さあっと顔を青くする。その様子がおかしくて、響はまた笑ってしまった。

「そっちも安心しろって。つき合ってもねえし、やってもねえよ」

「ほんと？」

「ほんとだって。おまえ、自分の恋人信じらんねえの？」

ううう、と直純は、響がのっているベッドの端に顔を突っ伏した。

「でも、真木さんには勝てる気がしないよー……」

「いい男だからな」

「ほらまた、そういうこと言って」

直純が、むくれて顔を上げる。

真木のことについては、またゆっくり説明してやらなくてはいけないと思う。

離れていた十年、どんな人に会って、どんなことをして――そして、どんなにいつも直純のことを想っていたか、教えてやらなくてはいけない。

それよりも今は、またこんな素直な顔を見られることが、うれしくて、幸せだった。響をそんな気持ちにさせるこの男に、どうにかして伝えたかった。

「でも、俺が好きなのは、ずっとおまえだけだからな」

「……響？」

そっと、愛しい男の頰に触れる。

「直純……おまえが好きだよ。おまえだけだ」

――好きだ。

ずっと言いたかったのは、これだけだ。

いちばん大切だからこそ、おたがいに伝えられずに、自分たちは十年、いや、それ以上、回り道をしてきてしまった。

「俺もだよ、響」

ゆっくりと、蜜色の夕陽のなかで、睦《むつ》みあう。

離れていた時間をとろかすような、おだやかなキスを交わす。

ついばむようにくちびるを触れ合わせていると、おたがいの肌が、徐々に熱を帯びていくのがわかった。くすぶっていただけの官能に、また火がついてしまったようだ。

体温を上げた直純の熱が、ぐっと響の上にのしかかって——きた、そのとき。

響の腹が、ぐうと鳴った。

あんまりなタイミングに、おたがい、顔を見合わせる。見つめあった一瞬ののち、同時に噴き出し、笑い出した。

「よかった」

ひとしきり笑ったあとで、直純が、響のほうへ顔を向けて言う。

「なにが?」

「変わらないいんだなと思って」

言葉の意味がわからずに、響は視線で直純に尋ねる。

直純は、目を細めて響に言った。

「俺たちが」

薬指に、直純のくちびるが触れる。

「——ああ、そうだな」

響は、胸のなかに、体じゅうに、あたたかいものが広がっていくのを感じていた。

思い返せばずっと、ふたり、想い合っていた。

ふたりとも、大人になった。

体も大きくなったし、仕事にも就いた。おたがいの知らない友達も増えた。

これから先、環境も変わるだろうし、体も衰えていくだろう。つまらない喧嘩《けんか》もたぶんする。不安な夜も、きっとある。

けれどふたりの心だけは、幼いころから、これからも、ずっと変わらず、そばにいる。

七階にある直純の部屋の窓からは、遠い街の遠景に、藍色のヴェールがかかっていくのがよく見えた。ほつり、ほつりと、その藍が濃くなるほどに、人の暮らすあかりが灯る。

夜のつづきには朝があり、今日のつづきには、明日がある。響は今、目の前で、ほほえむ男の顔を見る。自分たちの初恋のつづきは、これからこいつと探しに行く。

ベッドサイドの恋人が立ち上がった。

「響、お腹空いてるんでしょ。ご飯つくるから、食べようか」

直純が、響に向かって手を差し出した。

響は笑って、その手を取った。

巣立ちのとき

満開の桜のアーチを抜けると、響《ひびき》たちの通った母校が見えた。

ひさしぶりの校舎は、なぜかひと回り小さく見えて、過ぎた年月を感じさせる。

「十年ぶりかぁ」

懐かしさに口を開くと、かたわらで自転車を押す直純《なおずみ》が、「俺もだよ」と言った。

四月も半《なか》ば、あたたかい日曜の昼間だ。

校庭には、生徒の姿はほとんどなかった。部活動も、昼休憩の時間なのだろう、開けっ放しになっている体育館の扉の向こうから、ふざけてボールを突く笑い声が聞こえた。

里帰りをしよう、と直純が言い出したのは、去年の暮れのことだった。

直純には、響がこの街を出た本当の理由は、直純のそばにいられなくなったからだと話してあった。

響は直純に、叶《かな》わない恋をしていると思い込んでいたのだ。

なので、ふたりが結ばれた今、その問題は解決したと思っていたようだ。

「俺は帰んねえぞ」と響が言うと、直純は「どうして」と、さも意外そうに目を丸くした。

「もう俺のこと、気にしなくてよくなったのに？」

「それはそうだけど」

年末年始は、おたがいに客商売なので休めない。けれど、松の内《まつのうち》を過ぎて日程を合わせた冬休みには、そろって帰省できるはずだと考えていたらしい。

直純の部屋に泊まりに行って、交代にシャワーを使ったところだった。直純は、髪《かみ》を拭《ふ》いていた手を止めて、すでにベッドの上に転がっていた響に詰め寄る。

「じゃあなんで、帰らないなんて言うの。俺もう、母さんにも話しちゃったよ。すごく楽しみにしてたのに」

「はぁ？　おばちゃんに言ったのか？　俺と帰るって？」

「駄目だった？」

「ダメに決まってんだろ、勝手に決めてんじゃねえよ」

「でも……また、一緒にごはん食べられたらいいなと思って……」

直純は、雨に振られた犬のようにうつむいた。拭きそびれた水滴が、前髪の先で玉になっている。いかにも哀れっぽいその姿を見ていると、なにか自分が、悪いことをしてしまったかのような気分になる。

「……おまえなぁ……」

響は嘆息《たんそく》した。

最近、直純は狙《ねら》ってこうしているのかと思うことさえあった。直純がしゅんとしていると、どうにかしてやらなくてはと、響が抗《あらが》えないのを知っているのではないか。

今回だって、「わかった、帰るよ」と、すでに言ってしまいたくなっていた。

でも——と思いとどまり、響は直純の手からタオルを奪う。

「……だから、そのおばちゃんに会えねえだろって言ってんだよ」

こちらの顔が見えないように、がしがしと乱暴に髪を拭いてやった。直純は、「うわ」と声を上げながら、それでも響の意を察したらしい。

「もしかして……響、やっぱり気にしてる？　家族のこととか」

響の手首をやんわりとつかんだ直純が、タオルの下から上目遣いに訊《き》いてくる。

「気にしねえとでも思ったか」

視線から逃《のが》れるように、顔を背けた。

困っているのか、言葉を詰まらせる気配がある。が、数秒ののち、直純は軽く息をついた。背を向けてしまった響を、広い胸のなかにすっぽりと収めてしまう。

「……わかるよ、響の気持ち。俺だって、響のお父さんとお母さんに、孫の顔見せてあげられないなって思ったことあるから」

ぎゅ、っと腕に力がこもる。

「わかってんなら、帰省しようとか言うなよな」

せめて、と選んだ皮肉な言葉も、弱々しく聞こえてしまう。それを慰《なぐさ》めるように直純は、響の耳もとに鼻先を擦《す》りつけた。ごめんね、とうなじに声が落ちる。

「別に、謝ることじゃねえけど……」

謝られてしまっては、なんだかいたたまれないような気がした。

響は直純の腕のなかで、いつのまにか緊張していた体の力を抜く。この話ばかりは、いくら考えたところで解決しない。

「――でもね、それにしてもだよ。響はちょっと、自覚したほうがいいと思うよ」

「え？」

予想外の言葉に振り返ると、直純は、響の体を自分のほうへと向き直らせた。響の頬《ほお》は、大きな手のひらに包まれる。

「響はさ、自分がどれだけ愛されてるか、わかってないからそんなこと言えるんだ。自分がいなくなれば解決すると思って、ぽんと消えちゃったりして……残された人たちがどんな思いでいたか、わかんないでしょ」

「それは――」

考えなかったわけではない。それでも、決定的なあやまちを犯すよりは、と思った結果だ。

視線を落とすと、直純の手があごにかかり、上を向かされる。

直純はまっすぐに響の瞳を覗《のぞ》きこみ、かすかに眉尻を下げて言った。

「俺はさ、今年の春、二丁目で響のこと見つけたとき、心臓止まるくらいうれしかったよ。顔見て、元気そうで安心した。響のお父さんとお母さんだって、うちの両親だって、言わないかもしれないけど、すごく心配してたんだからね」

切実な声に、本当に心配してくれていたのだということがよくわかる。

自分だって逆の立場なら、きっと直純を探すだろうし、探し当てたら文句のひとつも言いたくなる。きっとすごく、ものすごく心配するだろうから。

生まれた街を出たときは、まだ考えが幼かった。迷惑をかけないようにとは考えられても、心配をかけることになるとは――こんなにも、自分が誰かに心配してもらえるとは、思わなかった。

「……悪かったよ」

今度はこちらが肩を落としてしまったところに、直純が、ふと笑うのが聞こえた。

「ほんとは俺、みんなに言っちゃいたいんだけどね。俺と響のこと」

顔を上げると、直純の顔に困惑の表情はすでになかった。かわりに、いとおしいものを見るような目でこちらを見ている。

「俺の父さんと母さんには、こんなに可愛い人とつき合ってるんだって自慢したい。響のお父さんとお母さんには、俺の大好きな人を産んでくれてありがとうって、ちゃんと言いたい」

「……直純……」

「でも、そんなの急には無理だって、さすがに俺もわかってるよ。だからせめて、元気な顔だけでも見せてあげて。きっとみんな、喜ぶよ」

向き合って手を取られ、その指先にくちづけられる。

なんだか、信じられない思いだった。直純が、こんなふうに考えてくれているなんて、十年前の自分が知ったらなんと言うだろう。

直純は、響の腰を抱き寄せた。額に、まぶたに、頬に、やさしいキスの雨が降る。

「だから、ね。響、一緒に帰ろう？」

甘い声で誘われて、断れるはずはなかった。

けれど、その問題をクリアしたとしても、十年ぶりの帰省なのだ。どんな顔をして帰ればいいのかわからない。

そんなことを考えているうちに、キスで陶然《とうぜん》となった体を押し倒された。そしてあれよあれよというちに、十年ぶりの帰省よりもよっぽど恥ずかしい顔を見られ、意地の悪い愛撫《あいぶ》で攻められて、「一緒に帰る」と言質《げんち》を取られた。

そんなわけで、響は結局、日程の調整もろもろを経て、年始の挨拶《あいさつ》はとうにすぎたが、ようやく昨日、もう二度と戻るまいと思っていた、故郷の土を踏んだのだった。

完敗だ。

勝者たる直純は、響を連れて校舎に入ったところだ。

二階の職員室を訪ねると、偶然、響たちが通っていたときに世話になった教員が日直をしていた。無沙汰《ぶさた》を詫《わ》び、しばらく話したところによると、響たちが通っていたころの教員は、ほとんど他所《よそ》へ転任してしまったようだった。

校内を見て回っていいという許可をとり、響と直純は、懐かしい場所を散策することにした。

響の通った教室、直純が通った教室、保健室、図書室、立ち入り禁止の屋上へつづく、階段の踊り場。どの場所にもふたりの思い出があって、響と直純は顔を見合わせて笑った。

職員室のある北校舎を一巡し、南校舎も一階から順々に見ていくと、最後にたどり着くのは、南校舎四階の一番端、音楽室ということになる。

オレンジ色の絨毯《じゅうたん》が敷き詰められた音楽室は、今日のような春の日、昼寝をするのにおあつらえ向きの教室だ。

在校当時、音楽室の鍵は、響のクラスメイトだった吹奏楽部《すいそうがくぶ》の部長から借りていた。

鍵をかけてしまえば、邪魔者が入る心配もない。弁当と購買のパンで腹を満たしたあとは、窓際の絨毯の上でふたり、週刊の漫画雑誌をめくったり、うとうとしたり、五限目の予鈴が鳴るまでの時間をよくここで過ごした。

今日は職員室で、マスターキーを借りていた。その鍵で、音楽室の引き戸を開ける。

その瞬間、感覚までが記憶に呑《の》まれた。

窓際に置かれたグランドピアノに、南向きの大きな窓から、とろけるような陽射《ひざ》しが降っている。

「おー、ここは変わんねえなー」

「ほんとだね」

来客用のスリッパを脱ぎ、教室に入る。

屋上が使えないので、校内ではここがいちばん高いところだ。

高台に建つ校舎の四階からは、グラウンドの向こう、春風に翳《かす》む街を一望できた。窓を開けると、緑の香りを含んだ風が、頬をやさしく撫ぜていく。

空のまぶしさに目を細めていると、背後から、直純が腰に腕を回してきた。

「……おい、外だぞ」

ちょっと眉をしかめてみせるが、直純は意にも介さないふうにほほえんでいる。

「大丈夫、誰も見てない」

確かに、校舎のまわりにはとりたてて高い建物もなく、四階にある音楽室は、誰からも見えていないだろう。とはいえ、ここはふたりの学《まな》び舎《や》だったところで、響も口では抗いながら、ちらりとノスタルジックな背徳感を覚えてしまった。

肩越しに、深いキスを受ける。

そのうちに、あることに気づいて、響は、足りないと追い縋る直純のくちびるから、一度離れた。

「なあ、おまえ、高校のときにはもう、俺のこと好きだったって言ってたよな」

「うん、そうだよ」

「そしたらさ、一緒にいるの、つらくなかったか？」

響は、直純が好きだと自覚した途端に、友達でしかいられないと思い込んでいた直純といられなくなった。聞けば直純は、響よりも早く恋心に気づいていたというから、なかなか苦しかったのではないか。

「そりゃあね」

直純は、当時のことを思い出したのか、困ったような顔で笑った。けれどすぐに、響の頭に頬を寄せてくる。

「いろいろ大変だったよ。修学旅行のときは響と同じグループのやつらがうらやましかったし、三年のときは隣のクラスで、体育が合同だったし……」

指を順番に折り、直純は口を尖《とが》らせた。

「それと、休み時間も。ここで、俺に寄っかかって昼寝とかされると、たまんなかったな」

「あー……」

思い出せば、響は自分が自覚するまで、ずいぶん気安く直純に触れていた。それがどんなに無神経なことか、今ならばよくわかる。

なんとはなしに、墓穴《ぼけつ》を掘ったような気分だった。

「なんていうか……悪かったな。ほら、俺、ずっと自覚なかったから」

「悪いと思ってるの？　じゃあ、なにかしてもらわなきゃ」

「はぁ？　おまえ……」

それはずうずうしいだろ、と反論しようとした瞬間、「嘘《うそ》」と直純は、響の体を抱きしめた。

「こうしてられるだけで、十分幸せ。高校生のときは、響とこんなふうになれるなんて思わなかったから」

　うっとりした声で言われると、不覚にも胸がきゅんとする。

「響……」

　甘く自分を呼ぶ声とともに、またくちびるが触れ合った。

　ついばむようなキスをしているうちに、くちびるの隙間から、するりと直純の舌が入り込んでくる。

　その舌先に歯列をなぞられ、口蓋《こうがい》をなでられると、脳髄《のうずい》が痺《しび》れたようにぼうっとなって、なにも考えられなくなった。

「ん……ッ、ふ……、……？」

　――と、密着した体に、硬い質感が触れる。もしや、と思った響は、薄く目を開け、視線を下方へと落とした。

「おい」

「……なに？」

「これはなんだ」

　響は、存在をはっきりと示しはじめている直純の中心に手をやった。

「そ、れは……」

「おまえなあ」

　呆《あき》れてボトムの上からぐりぐりと押すと、直純は、う、と呻《うめ》いた。

「わかってんのか？　外で、学校だぞ？」

「そ、そうなんだけど……！」

直純は、「昨日、できなかったから」とかなんとか、もごもごと弁明した。

当たり前だ。

昨夜は結局、響の部屋にふたりで泊まったのだ。両親の手前、なにをするわけにもいかないだろう。

寝る前に、せめてと思ってキスだけは交わしたが、直純が物足りなそうにしているのもわかったし、
響だって正直、一緒にいるなら触れ合いたいと思ってしまう。

けれど、そうなることがわかっていたから、帰省前日、あんなに好きに抱かせてやったのに――。

「昨日一日やり足りねえだけで、これか？」

「響が悪いんだよ」

「はあ？」

「響が可愛いから」

理由になっていない。

そう思うものの、直純は、逆にふっきってしまったようだった。

「響はね、もうちょっと、自分がどう見えてるか自覚したほうがいいよ。高校時代だって、無防備に
くっついてくるしさ、挙《あ》げ句《く》の果てに、そのまま寝ちゃうとかさ。どんな拷問《ごうもん》かって思うよね、何度
こっそりキスしてやろうかと思ったよ」

「…だからそれは、悪かったたって」

「ねえ、響だって、男ならわかるよね？　だから、悪かったなって思ってくれたんでしょ？」

「ああ、まあ……」

「だったら――我慢したご褒美《ほうび》、くれてもいいよね？」

目を見つめたままで捕《と》らえられ、抱きつかれて、くちびるを犯される。

「ん、ぅ……っ……！」

軽いキスとはまったく違う、欲を伴った重たいキスだ。

息を吐くことも許されないような、欲望を感じるキス。

直純の攻勢に負けて、立っていたところから一歩、二歩とあとずさる。と、背中がなにかに、とん、と触れた。振り返ると、グランドピアノだった。

「ねえ、響……」

くちびるを離すと、つ、っとふたりのあいだに、どちらのものともつかない唾液が糸を引く。

それをねっとりと赤い舌で舐《な》めとって、直純は響の体の両脇に手を突いた。ピアノと、直純の腕の檻に、あっというまに閉じこめられる。

「な、なんだよ……」

「俺、ご褒美は響がいいな。ここで、響のこと抱きたい」

「は!?　おまえ、なに考えて……」

「だって、ずっとここで我慢してたんだよ。響のこと、ほしいって」

うろたえる響の腰を、直純は、少し強めにつかむ。雄《おす》の力に心臓が跳《は》ねた。やばい、と思っているところを抱きしめられ、耳もとで低くささやかれる。

「響——抱かせて」

「……っ……！」

鼓膜から全身に甘い痺れが走り、へたりこみそうになった。

力の抜けた体を抱き留められ、気が変わらないうちに、とでもいうように、ボトムの前をくつろげられる。下着をずらすと、響の欲望もとっくに育ちはじめていて、羞恥《しゅうち》に頬が熱くなる。

「響も、期待してくれた？」

「違……っ、あ……」

口では違うと言いながらも、隠し通せるはずがなかった。

直純が指を絡めると、響の欲は、はっきりとそのかたちを変えていく。

「違うの？　じゃあ、その気になってくれるようにがんばるね」

「がんばらなくて、いいっ……っあ……！」

直純は、向かい合う響のものに指を絡め、上下に動かしはじめた。

羞恥も手伝い、体が敏感になっている。おだやかな刺激でも、直純の手にされていると思うだけで、膝《ひざ》が抜けそうに気持ちいい。

「響、学校で勃《た》っちゃうんだね」

「ん、っ……おまえが、先に勃ててたんだろ……っ」

「しょうがないよ。高校生のときは、響にこんなふうに触れられる日が来るなんて思わなかった……」

響の襟《えり》もとに顔を埋《うず》めた直純が、はあっ、と熱いため息を落とす。直純の体内にこもる、欲望の温度を肌で感じた。その熱で、響のなかにあった快感の種が、次々と芽吹いてしまう。

「う……ぁ、……」

はしたない声をあげそうで、両手で口もとを手で覆った。

「響？　声……」

直純は、響が嬌声《きょうせい》を恥じていることを読み取ったのだろう。艶《つや》やかに口の端《は》を持ち上げて、あやすような声で言う。

「大丈夫、誰もいないって」

ね、とやさしく手をどけられて、心細いような心地がする。と、それさえも見透かしたように、直純がくちびるを寄せてきた。

「声……聞かせてほしいけど、恥ずかしいなら、いいよ。ふさいであげる」

「ん、ぅ……」

くちびるをふさぐと同時に、直純は、手のひらのなかのものを擦りたてた。

濃厚なキス、強くなる愛撫に、酸素が薄くなったようにさえ感じる。

息を継ぐと、その隙《すき》に、舌が口腔《こうこう》に割りこんできた。口内を舐《な》めねぶられ、同時に握られたものを扱《しご》かれる。苦しさとないまぜになった享楽《きょうらく》に、響は全身をわななかせた。

「うぁ……だめ……っ、それ……っ、ん、んんっ——……」

腰が崩れそうな快感に引きずられ、響はあっけなく直純の手のなかで達してしまう。

けれど直純の手は、なおも愛撫をやめなかった。

吐き出す白濁を搾《しぼ》り取るように、敏感なくびれの部分を扱き立てる。響はキスを解かれても、声も上げられずはくはくと喘いだ。

「響、達《い》っちゃったね」

ぐったりした体を、抱き留められる。絶頂のあとの心もとなさから、響は直純にすがりついた。抱き返す腕のたくましさに、安堵《あんど》の長い息を吐く。

「もう少し……我慢してね」

「え、っ……！」

下着とボトムをぐいと下げられ、露出した双丘のあいだに、響が今、吐き出したものが塗りこめられる。

「ん、ぁ……」

濡れた指が、ゆっくりと体のなかを侵蝕《しんしょく》する。

また立ち上がってしまった性器からは、先走りとも精液ともつかない、半透明の液体が漏れ出ていた。うしろは、ぐちゃぐちゃと濡れた音を立てながら突かれ、いつのまにか指が増やされている。

「あ、や……っ、なおずみ……っ」

「響……」

呼び合うと、おたがいの存在をより濃く感じた。

ずっと好きだった直純と、こんなことをしている。誰にも見せない場所を暴かれ、誰にもしないことをされている。

いやらしくて、気持ちいい。いとおしくて、もどかしい。直純がほしくて、ほしくて、響は目の前にある首すじに噛みついた。

「きつい？　立ってられる？」

直純が、興奮を抑えてかすれる声で言う。

「もう……むり……っ……」

響は、ゆるゆると首を打ち振った。

「じゃあ、うしろ向いて。ここに手、突いててね」

「ん……っ」

直純は、響の体をくるりと回転させると、背後にあったピアノに手を突かせる。ボトムと下着を子どもみたいに脱がせると、響の足を、少し広げさせてその場に立たせた。

「や……これ、なんか、恥ずかし……っ」

羞恥と欲熱を持て余し、涙の浮かぶ目で直純を振り返る。

すると、合わさった視線はこれ以上ないほどにやさしく、甘くて、響の胸を高鳴らせた。

「大丈夫、可愛いよ」

ささやかれて、背中から抱き込まれる。

「響……好きだよ……」

耳たぶに声が触れると、かっと全身が燃え上がった。

受け入れる場所に、直純の興奮が押し当てられるのがわかる。

「響、いい？」

「ん……っ……！」

うなずくと同時に、熱い漲《みなぎ》りが、内壁を拓《ひら》いて押し入ってくる。

挿入の快感に、ぞわりと背筋が粟立った。腸壁が波打ち、直純を誘い込もうとしているのがわかる。

「んっ、あ、あ——」

全部をおさめた直純に、そっと、試すように揺すられて、波のようにやってくる愉悦に酔わされた。

ゆるやかな抽送から、徐々に大きく、もどかしいくらいに、おだやかに。

ていねいに扱ってもらっていることは、もちろん承知だ。けれど、響のなかで高まる熱を、直純はきっと知らない。

これでは、足りない。もっと強く、激しく、直純がほしい。

「直純……っ、あ、もっと……」

「うん、響……？」

肩越しに振り返ると、直純も、響を呼んだ。

切羽詰まったような声に、安堵と愉悦が一気に高まる。

直純も、自分に興奮してくれている。響だって、少し前までは、直純とこんなふうになれるなんて、想像もしなかった。けれど今、こうして体をつなげることができる。

「直純……っ」

好きだ、でも、来い、でも足りない気持ちが、あふれてきた。

焦《じ》れたようにただ呼ぶと、直純が抱きしめ返してくれる。

ぐっと大きくなったものを、さらに奥まで突き立てたかと思うと、くんと引く。体のなかが持っていかれそうな感覚に息を詰めると、そこをまた貫かれた。

「動くよ」

「……――っ！」

極限まで張り詰めたものを、思いっきり締めつけてしまい、ふたりとも歯止めがきかなくなった。

「あ……っ、あ、ああっ――……！」

腰を捕まれ、深い部分を穿《うが》たれる。骨が当たりそうに強く突きこまれると、求められている実感に全身が甘く疼《うず》いた。あまりに強くなる快感に、怖くなる。

「あ……や、……ぅ、やだ、ああっ……」

「どうしたの、響……？」

「なんか、今日、変っ……っあ――！」

肌も粘膜も、体表すべてで快感を拾ってしまう。高いところに、昇って、昇って、最後は墜落してしまうような――。

「怖……いっ、あ、ぁ……」

急激に高まってしまう快感に体が怯《おび》えて、いやいやと首を振る。

「怖い？　痛いの？」

直純が、ゆるやかに一度、突き上げた。そうして、こちらの反応をうかがうように、抽挿の速度を落とす。でも嫌だ、そんなのではもどかしい。

響は必死で頭を振り、恥ずかしいことを口にした。

「違っ……こわい、くらい……いい――っ……」

「響……」

くびり落としそうな勢いで締め上げてしまったので、直純も、切なげな声を出した。

背中に触れる、体温が上がる。ぎゅっと抱きしめられると、触れたところから溶けて混ざってしまいそうになる。

「大丈夫だよ……響、達こう？」

「ん、あぁっ……！」

ずん、と最奥を突かれ、まなうらで光が弾けた。

背中から繋がりながら、振り向かされて、貪《むさぼ》るようにくちづけられる。穿つ速度はどんどん上がり、快感の高みが見えはじめる。

「あ……っ、もう……、直純っ……！」

「響……、響、達くよ……っ」

「あ――あ、あ、ああっ――……！」

響のいちばん奥の奥、開いたところに、直純の熱情が噴き上げられる。その熱に呼応するように、響の体が収縮する。

全身で、相手の鼓動を感じていた。

ぐったりとピアノの上に半身を投げ出して、ふたりはつぎのチャイムが鳴るまで、触れ合える幸せに酔いしれた。


職員室に戻ったときには、「ずいぶんのんびりしてきたな」と笑われた。響と直純が、揃って赤面してしまったもので、日直の担当教諭は、怪訝《けげん》な顔で首をかしげた。

春の日はそれでも、夕方というにはまだ早い。

校門に向かいながら、直純が「自転車、大丈夫？　乗れる？」と明らかに響の尻を見ながら訊くので、「誰のせいだよ」と背中を小突いた。その感じで、高校時代のことをまた思い出し、あたたかい気持ちが湧く。

こんなに幸せな気持ちでまたこの街にいるなんて、奇跡みたいだと響は思った。

大げさな感じではなく、もしかすると、生きているということは、奇跡の積み重ねなのではないかと思えてくる。響と直純が、生まれてきた奇跡、一緒に育ってきた奇跡、そして、別れを経てなお、結ばれた奇跡。

校門を出ると、並木の桜は満開だった。

春一番が吹くたびに、咲き誇る桜の花は、枝を離れて空へと巣立つ。

響はふと、あの卒業の日、合唱部が歌っていた曲を思い出した。

別れの曲には、巣立ちの詞がついていた。明日の日を迎えるために、雪のように、羽のように、散る桜の花びらは、次の季節へと向かっている。

直純が、押していた自転車にまたがる。響もその、荷台に乗った。

響は背後に目をやった。

繁華街へと続く並木道、その先に見える駅、箱庭のような、遠景の街。

今日、響たちが向かうのは、その反対側、この坂の頂《いただき》の向こうだ。

ふたりで帰省しようと決めたとき、響がねだって、行くことになった。坂の向こうに何があるのかは、あえて調べてはいない。直純も、なにがあるのかよくは知らないという。たいしたものがなかったとしても、少なくとも、ふたりにとっては新しい。

今夜は、直純の両親の店で、みんな揃っての夕飯を食べることになっている。だから今日は、夕飯までに、戻れるところまで行くつもりだ。どこまで行っても、道を外れさえしなければ、迷わずここに戻ってこられる。

響は、目の前にある背中にぎゅっと強く腕を回した。

ここへは、帰ってこられないと思った日があった。けれど叶わないと思っていた初恋は、今、響の腕のなかにある。

あの街にも、あの街に住む家族にも、いつか本当のことを言いたいと思えた。自分たちを育《はぐく》んでくれてありがとう、と、言葉にするのは少し、恥ずかしいけれど。

行くよ、と振り向く愛しい笑顔に、うん、と響はうなずき返す。

直純が、ペダルに置いた足をぐっと踏み下ろす。

ふたりを乗せた車輪がまた、動き出す。

あとがき

お手に取ってくださいまして、ありがとうございます。

はじめまして、三津留《みつる》ゆうと申します。

本作は、ありがたいことに、私のBLデビュー作です。

何書こうかなーと思ったときに、いろいろプロットを出してみたのですが、最終的に、三度の飯より好きなDKからの、十年越しの再会ラブとなりました。

実は、初稿では、攻めの直純《なおずみ》がゲーオタの引きこもり、受けの響《ひびき》がくっそイケメンのチャラ男でした。これがまたびっくりするくらいうまくいかず、「？？？」となっていたところ、担当さんが「三津留さん！　これギャグじゃないです、切ない再会ラブです！」とお電話をくださったのが本作執筆時のハイライトです。ですよねー！　プロットから直しました。お話の最後のほう、攻めから受けにアレを贈呈するのは、前キャラの名残でもあります。こういう朗らかにずれてる強引な子、けっこう好きです。

それから、報われない子好きが表出してしまったのが真木《まき》でした。あいつも幸せになってほしいですね。面倒見がよすぎるのがいけないんでしょうか。彼の作る料理も書いてみたかったなーと思います。

あとがき

本作品の刊行に際しては、たくさんの方にお世話になりました。

イラストレーターの壱也《いちや》先生。かっこいい直純&真木、かわいい響をありがとうございました。どの子も、壱也先生のキャララフを見たとき、私の中での輪郭がはっきりしたような気がします。お忙しい中ご調整いただき、大変感謝しております。

なにからなにまでご迷惑をおかけしてしまいました担当さま。見捨てずにご指導くださり、本当にありがとうございました。お戻しの出力紙に描いてくださったねこ、すごく和んで、ほっとしました。今後ともよろしくお願いいたします。精進します。

いろいろと相談にのってくれたBL友達にも謝辞を。Yさん、かよこ、とりやん、えつこ、そしてさおちん、ありがとー愛してるよー！　また萌え話しましょう。

そして、この本をお読みくださいましたみなさま。少しでも楽しんでいただけたところがあったでしょうか。あるといいな。もーどきどきです。よろしければ、ご感想などお聞かせください。読んでいただけることが、いちばんのしあわせです。

この本にかかわってくださったみなさまに、心からのお礼を。

また次のお話で、お目にかかることができますように。

三津留ゆう

執着チョコレート《しゅうちゃくチョコレート》

葵居ゆゆ
イラスト：カワイチハル
本体価格870円+税

高校生の頃の事故が原因で記憶喪失となった在澤啓杜は、ショコラティエとして小さな店を営んでいた。そんなある日、店に長身で目を惹く容姿の高宮雅悠という男が現れる。啓杜を見て呆然とする高宮を不思議に思うものの、自分たちがかつて恋人同士だったと聞かされて驚きを隠せない啓杜。「もう一度こうやって抱きしめたかった」と、どこか縋るような目で見てくる高宮を拒めない啓杜は、高宮の激しくも甘い束縛を心地よく思いはじめるが…。

リンクスロマンス大好評発売中

あまい恋の約束《あまいこいのやくそく》

宮本れん
イラスト：壱也
本体価格870円+税

明るく素直な性格の唯には、モデルの脩哉と弁護士の秀哉という二人の義理の兄がいた。優しい脩哉としっかり者の秀哉に、幼い頃から可愛がられて育った唯は、大学生になった今でも過保護なほどに甘やかされることに戸惑いながらも、三人で過ごす日々を幸せに思っていた。だがある日、唯は秀哉に突然キスされてしまう。驚いた唯がおそるおそる脩哉に相談すると、脩哉にも「俺もおまえを自分のものにしたい」とキスをされ…。

月下の誓い《げっかのちかい》

向梶あうん
イラスト：**日野ガラス**
本体価格870円+税

幼い頃から奴隷として働かされてきたシャオは、ある日主人に暴力を振るわれているところを、偶然通りかかった男に助けられる。赤い瞳と白い髪を持つ男はキヴィルナズと名乗りシャオを買うと言い出した。その容貌のせいで周りから化け物と恐れられていたキヴィルナズだがシャオは献身的な看病を受け、生まれて初めて人に優しくされる喜びを覚える。穏やかな暮らしのなか、なぜ自分を助けてくれたのかと問うシャオにキヴィルナズはどこか愛しいものを見るような視線を向けてきて…。

リンクスロマンス大好評発売中

蒼穹の虜《そうきゅうのとりこ》

高原いちか
イラスト：**幸村佳苗**
本体価格870円+税

たおやかな美貌を持つ天蘭国宰相家の沙蘭は国が戦に敗れ、男でありながら、大国・月弓国の王である火竜の後宮に入ることになる。「欲しいものは力で奪う」と宣言する火竜に夜ごと淫らに抱かれる沙蘭は、向けられる激情に戸惑いを隠せずにいた。そんなある日、火竜が月弓国の王にまでのぼりつめたのは、己を手に入れるためだったと知った沙蘭。沙蘭は、国をも滅ぼそうとする狂気にも似た愛情に恐れを覚えつつも、翻弄されていき…。

LYNX ROMANCE イラストレーター募集

リンクスロマンスでは、イラストレーターを随時募集いたします。

リンクスロマンスから任意の作品を選び、作品に合わせた
模写ではないオリジナルのイラスト（下記各1点以上）を描いてご応募ください。
モノクロイラストは、新書の挿絵箇所以外でも構いませんので、
好きなシーンを選んで描いてください。

1 表紙用 カラーイラスト

2 モノクロイラスト（人物全身・背景の入ったもの）

3 モノクロイラスト（人物アップ）

4 モノクロイラスト（キス・Hシーン）

募集要項

＜応募資格＞

年齢・性別・プロ・アマ問いません。

＜原稿のサイズおよび形式＞

◆Ａ４またはＢ４サイズの市販の原稿用紙を使用してください。
◆データ原稿の場合は、Photoshop（Ver.5.0 以降）形式でＣＤ－Ｒに保存し、
出力見本をつけてご応募ください。

＜応募上の注意＞

◆応募イラストの元としたリンクスロマンスのタイトル、
あなたの住所、氏名、ペンネーム、年齢、電話番号、メールアドレス、
投稿歴、受賞歴を記載した紙を添付してください（書式自由）。
◆作品返却を希望する場合は、応募封筒の表に「返却希望」と明記し、
返却希望先の住所・氏名を記入して
返送分の切手を貼った返信用封筒を同封してください。

＜採用のお知らせ＞

◆採用の場合のみ、６カ月以内に編集部よりご連絡いたします。
◆選考に関するお電話やメールでのお問い合わせはご遠慮ください。

宛先

〒151-0051 東京都渋谷区千駄ヶ谷 4－9－7
株式会社　幻冬舎コミックス
「リンクスロマンス　イラストレーター募集」係

この本を読んでの
ご意見・ご感想を
お寄せ下さい。

〒151-0051
東京都渋谷区千駄ヶ谷4-9-7
(株)幻冬舎コミックス　リンクス編集部
「三津留《みつる》ゆう先生」係／「壱也《いちや》先生」係

リンクス ロマンス

初恋のつづき

2015年12月31日　第1刷発行

著者……………三津留《みつる》ゆう
発行人…………石原正康
発行元…………株式会社　幻冬舎コミックス
〒151-0051　東京都渋谷区千駄ヶ谷4-9-7
TEL 03-5411-6431（編集）
発売元…………株式会社　幻冬舎
〒151-0051　東京都渋谷区千駄ヶ谷4-9-7
TEL 03-5411-6222（営業）
振替00120-8-767643
印刷・製本所…株式会社　光邦
検印廃止

ISBN978-4-344-83598-6 C0293
Printed in Japan

幻冬舎コミックスホームページ　http://www.gentosha-comics.net